洸一は言っていた。

御山に入ると、なぜか、気分が爽快になる——のだと。

「ンじゃ、コーちゃんは、荒神さまに愛されちゃってるんだよ」

冗談めかしに剛志がそれを言うと。洸一は、困ったような顔で曖昧に笑った。

# 純血の檻

吉原理恵子

12733

角川ルビー文庫

# 目次

口絵・本文イラスト／日下孝秋

## プロローグ

薄闇の中。

互いの身体のすべてを貪《むさぼ》り尽《つ》くすかのような刹那《せつな》の激しさで、男と女は、ひたすらまぐわっていた。

こそり——ともしない静寂を搦《から》め捕《と》るのは、淫《みだ》らに熟《う》れた喘《あえ》ぎと、湿って爛《ただ》れた卑猥《ひわい》な交接音だけ。

言葉もなく。

愛も、なく。

何の禁忌《きんき》も……ない。

ただ、次代へ《血》を繋《つな》ぐために互いの精を喰《く》らい合うのだ。

より、濃密に。

もっと、熱く。

選ばれた《血》の尊厳を保つため……。

純血は、この地を統《す》べる『霊異《ちから》』の源であった。

妖《あやかし》も。

精霊《せいれい》も。

怪威《かいい》も。

魑魅魍魎《ちみもうりょう》も。

すべては『霊異』の前にひざまずく。

それゆえに。男と女は、まぐわり続けるのだ。純血の証《あかし》をその身体に、記憶に、刻み続けるために。

『霊異』は、正統なる《器《うつわ》》の血肉にのみ宿る。

だが。容姿の美醜《びしゅう》は問わない。

俗世《ぞくせ》の良識も、正義も――いらない。

ましてや。人としての感情など必要としない。

ただ、より強大な異能力を継承《けいしょう》するための血肉があればいい。

すべてを『捧《ささ》げる』ことが己《おのれ》の宿業《しゅくごう》だと、男は教えられて育った。

男の精を貪り尽くして『血を繋ぐ』ことが使命だと、女は聞かされて育った。

忌《い》むべきことは何もない。

この、閉ざされた薄闇の中では……。

恐れるものなど、何もない。

互いの熱を搦め捕っている限り。

そうして、夜は堕《お》ちていく。

繰《く》り返し。

繰り返し……。

捧げられる男の血肉の熱さと、貪る女の爛れた喘ぎの果てに。

内封《ないふう》された《力》と、禍々《まがまが》しき《血》の翳《かげ》りを引き摺《ず》りながら……。

# 渇望《かつぼう》という名の孤独《こどく》　I

その夜。

いつものように。

父と母は、また、互いを罵《ののし》り合っていた。剛志《たけし》がベッドに潜《もぐ》り込むのを、ひたすら待ち焦《こ》がれていたかのように。

譲《ゆず》れない男のプライドと、尖《とが》りきった女の意地。剝《む》き出しになったエゴが、互いの血肉を掻《か》き毟《むし》るような激しさで。

「おまえがあいつとデキてたことを、俺が知らないとでも思ってるのかッ！」

幾度目かの口汚《くちぎたな》い罵りと。

「自分の浮気を棚《たな》に上げて、何を言ってるのよッ！　あんな女の子どもを認知《にんち》するなんて恥《はじ》さらしなこと《こと》、絶対、許しませんからねッ」

耳を塞《ふさ》ぎたくなるような、ヒステリックな糾弾《きゅうだん》。

その果ての、

「フンッ。やりたいときにやらせてもくれない女が、今更、女房面《にょうぼうづら》するんじゃないよッ。だいたい、剛志だって本当に俺の子かどうか、怪《あや》しいもんだッ！」

身も凍《こお》りつくような――絶望。

「何を、言ってるのよ。あなたの子に決まってるじゃないッ」

「どうだかな。おまえが俺と結婚したのだって、あいつと俺の血液型が同じだったからじゃないのか？」

「そういうのを、邪推《じゃすい》って言うのよ」

「そうすれば、生まれてくる子どもがあいつのガキだってことも絶対にバレない。そう、高を括《くく》ってたんだろッ？」

「薄汚い妄想《もうそう》もたいがいにしなさいよ。言ってて、自分が惨《みじ》めにならないのッ？」

剛志はベッドの中で膝《ひざ》を抱《かか》え、ひたすら丸くなる。

それでも。ガクガクと、身体が震《ふる》えて止まらなかった。

手も足も――唇《くちびる》も、冷たく痺《しび》れて。なのに、喉《のど》の奥をキリキリと締《し》め付けるモノだけが、ただ灼《や》けるように熱くて。

剛志はもう、何をどうすればいいのか――わからなかった。

夜は重くしこったまま、無慈悲《むじひ》に更《ふ》けていく。声にならない慟哭《どうこく》だけを取り残して……。

（コーちゃん……。あいたいよぉ……）

蒲団《ふとん》を引っ被《かぶ》ったまま耳を塞ぎ、剛志は涙にくぐもったつぶやきを洩《も》らす。目に映る現実のものは、何も見たくなくて。醜悪《しゅうあく》な罵り合いなど、これ以上、一言も聴《き》きたくなくて。

（コー…ちゃん……）

瞼《まぶた》の裏に灼《や》き付いた顔を思い浮かべ、今夜も、必死にそれをなぞる。

黒々とした、少しきつめに切れ上がった双眸《そうぼう》を。すっきり通った鼻筋を。そして、愛想笑《あいそ》いが下手な薄い唇を。

思い出すのは……。繋いだ手の温《ぬく》もりと、ぶっきらぼうだが不思議によく通る声のトーン。そして、光る汗の雫《しずく》。

日に焼けても赤くなるだけで、どこか生っちょろさの抜けない色白な自分と違って。程《ほど》よく健康的に焼けた彼の身体からは、いつも、まぶしい太陽が輝く日向《ひなた》の匂《にお》いと、なぜか——ほのかな甘い馨《かお》りがした。

逢《あ》うたびに、それが何なのか——気になって。

いつだったか……。

「ねぇ、コーちゃん。何か……つけてんの？」

「——え？」

「なんか、コーちゃんって、すっごく……イイ匂いがする」

彼の胸に鼻を押しつけて、剛志がそれを言うと。彼は、剛志の髪を鷲摑《わしづか》みにして自分の身体から引き剝《は》がし、

「おまえ……。犬みたいなマネすんなよ」

呆《あき》れたような目で剛志を見た。

「だって、ホントにイイ匂いがするんだよ？」

あんまりしつこく剛志がこだわるので。彼も、終《しま》いにはうんざりしたように言った。

「なら、たぶん、くちなしだろ。俺ン家《ち》の庭、今が盛《さか》りだから」

「くちなしって？」

「玄関《げんかん》の横に植わってるやつ」

「あの……白い花の咲いてる樹《き》のこと？」

「そう。あれ」

言われてみれば、そんな気もする。あの『くちなし』の白い花もすっきりと凜々《りり》しくて、そんなところも彼に似ているようで。

そう思うと、なぜか、妙にドキドキした。

彼のそばにいると、不思議なほどに満たされた。渇《かわ》ききった喉に冷たい水が沁《し》み入るようで……。うっとりと安心して寄りかかっていられる心地《ここち》よさが、たまらなく好きだった。

たとえ。

彼が。

特別に、やさしい言葉をかけてくれなくても。

「ねぇ、コーちゃんッ。まってよぉ。おいてかないでよぉぉッ」

「付いてくんなってばッ。あっち行けよッ」

「こんど来たとき、ヒミツのかくればしょ、おしえてくれるって……ゆったじゃないッ」

「………」

「ゆびきり、したじゃないッ。ウソつくと、ハリ千本なんだからぁぁッ」

「だって、しょうがないだろ。おまえン家《ち》のおばさんが、いっしょに遊ぶなって言ってんだからッ」

「どうして？」

「知らねーよ、そんなこと。おまえのお母さんなんだから、おまえが、自分で、聞けばいいだろッ。だから——もう、付いてくんなってばッ」

「ヤだッ。ぼく、コーちゃんと遊ぶもん。お母さんにおこられたって、いいもんッ。お母さんよりコーちゃんのほうが、ずっと……ずっとスキなんだからッ」

「鼻水たらして、泣くなッ」

「コーちゃんが、イジワルするからじゃないかッ！」

「あとで怒られたって……俺は、知らないからなッ！」

帰省するたびに、いつでもどこでも、金魚のフンのごとくまとわりついて離れない自分を、本当は、鬱陶《うっとう》しげに思っていたとしても。

あるいは。

彼のすべてを独占《どくせん》できなくても……。

彼が、自分の視界の中にいるだけで。彼の顔を見て、彼と言葉を交《か》わすだけで。他人から見れば、

「なんだ、そんなことでか？」

そんなふうに笑われてしまいそうな些細《ささい》なことだったが。それだけで充分《じゅうぶん》、剛志は幸せだったのだ。

年に一度しか逢えない、三歳年上の——憧《あこが》れ。

その彼の面影《おもかげ》ごと、しっかりと我が身を抱《だ》きしめる。そうしなければ、ずっしりと重い現実に押し潰《つぶ》されて、骨までギシギシと軋《きし》んでしまいそうで……。


時が——回る。

季節は年月ごとに行き過ぎても、時間は流れ落ちない。

行く筋道は季節《とき》とともに変わっても、還《かえ》る場所はいつも同じ。

そうやって、何度も。

——何度も。

緩《ゆる》やかに巡《めぐ》るだけ……。

そして。

いつもと同じように、夏が巡り来る。

少しずつ、いつもとは違った現実の重さを孕《はら》んで。


その年の夏。

中学生になった剛志は、いつものように、家族揃《そろ》って母の実家に帰省した。

今では、家庭内別居と言っても過言ではないほどに冷えきってしまった不仲の両親だが。それでも、やはり、毎年の恒例《こうれい》行事のようになってしまっている母の実家への里帰りにはそれなりに、親戚《しんせき》筋への面目もあれば見栄《みえ》もあるのか。このときばかりは不仲の『ふ』の字も顔に出すことはなく、見事に仮面夫婦としての体裁《ていさい》を取り繕《つくろ》っていた。

そんな世間体だけのために、これからもずっと、仮面を被《かぶ》り続けてしんどい思いをするのなら。いっそのこと、すっぱり別れてしまえばいいのに——と、剛志は思うのだが。そこらへんのことは、子どもにはわからない、夫婦には夫婦の……大人の事情とやらがあるのだろうと。

今では剛志も、それなりにきっぱり割り切ってしまっていた。

剛志にしてみれば。両親の不仲が毎年の帰省を左右するのではないかと、内心ビクビクしていたのだが。それとこれとは別モノらしい——ということがわかってしまうと、自分で思っていた以上にスッキリと気持ちの上での踏《ふ》ん切りが付いてしまった。

両親の不仲がどうであれ、母の実家への帰省が揺《ゆ》るぎないものだとわかれば、剛志はそれでいいのだ。

だから。その帰省の最大の目的であるところの、彼——高村洸一《たかむらこういち》から先に声を掛《か》けられて。

剛志は内心、舞《ま》い上がった。

「剛志。おまえ、麻宮《あさみや》学園に受かったんだって？　スゴイな」

あれやこれやのしがらみと、それゆえのあからさまな嫉妬《しっと》とプライドが複雑に絡み合う連中とは明らかに違う、何の含《ふく》みもない——称賛《しょうさん》。それは、素直に耳に心地よかった。

それでも。一年ぶりに見る洸一の笑顔が少しだけまぶしくて、

「別に、凄《すご》くないよ。三沢《みさわ》の亮《りょう》ちゃんだけには負けるなって、母さんがうるさいから……」

つい、そんな弁解がましい本音が口を衝《つ》いて出る。

「それに、麻宮だと、高等部はエスカレーターだしね。ここさえ踏ん張っておけば、他人が気張《ば》ってるとき、ちょっとは楽ができるかなって……」

すると、洸一は。この時期、同年代の従兄弟《いとこ》・再従兄弟《はとこ》がひしめきあう親類筋の、何かとかまびすしいライバル意識の有《あ》り様《よう》を汲《く》み取ってくれたかのように、

「しれっ…と言うなよ、ンなこと。頭のデキが違うって言われてるようで、俺はガックリきちまうぜ」

ことさら明るく笑い飛ばした。

それが当て擦《こす》りには程遠《ほどとお》い謙遜《けんそん》であることを、剛志はちゃんと知っている。

「コーちゃんにそんなこと言われると、なんか……脇腹のあたりがムズムズしちゃうよ。コーちゃん、おれなんかよりずっと頭イイの……知ってるもん」

そうなのだ。

だから、剛志は、まるで我が身のことのように悔《くや》しい。実力はあっても、それが本人の思惑通りに発揮できない洸一の不遇《ふぐう》が。

「例のことさえなきゃ、海王《かいおう》学院ぐらい楽勝だったって、みんな言ってるし。だから、藤本《ふじもと》の敏之《としゆき》さんなんか、いまだにコーちゃんの顔さえ見れば露骨にライバル意識バリバリじゃない」

嘘《うそ》ではない。

それは、誰もが知っている事実だ。ただ、誰も表立っては口に出さないだけで。

けれども。

「いつの話だよ、それ。おまえ、くだらないこと、よく覚えてんなぁ」

呆れた口調でそれを言う洸一の中では、もうすっかり、過去の出来事になってしまっているのかもしれない。

「コーちゃんのことなら、おれ、何でも知っときたいだけだよ。だって、年に一回しか逢えないんだよ？　それに、コーちゃん。逢うたびに、なんか……一人で、どんどん大人っぽくなっちゃうし。おれだけ……置いてけぼりくらいそうで、コワイよ」

こんな愚痴《ぐち》めいたことなど言うつもりはなかったのに……と思っても。滑り出した口は止まらない。

「最近、おれが電話しても、コーちゃん——すぐに切っちゃうしさ。やっぱ、彼女とかできたのかなぁ……とか思って、落ち込んじゃうし」

——と、洸一は。どんよりとため息を吐《つ》いた。

「おまえさぁ。そう言うこと——マジな顔で言うなって」

「え？……なんで？」

「なんでって……。もう、ガキじゃないんだからさ。いつまでも、俺の尻《ケツ》にベッタリひっついてるわけにゃいかねーだろ？」

とたん。剛志の中で、ツキリ——と苦い痛みが走った。

「コーちゃん。うちの母さんに、また……何か言われたの？」

そう、なのか？——と。

それを思うと。条件反射のように、喉奥から険しいモノが込み上げてきた。

ほんの子どもの頃から。母は、剛志が洸一にベッタリ懐《なつ》くのを露骨に嫌《きら》っていた。

そのせいで。ある時期、洸一から邪険《じゃけん》に鬱陶しがられて、剛志はずいぶん辛《つら》い思いをした。

母が、なぜ、それほど洸一を嫌うのか。剛志には、どうしても理解できなかった。その理由を聞いても、

『あの子は、忌神子《いみご》だから』

そんな訳のわからない言葉を吐き捨てるだけで。

もちろん。剛志がそれで納得できるはずもなく。いつもは、面と向かって母に口答えなどしたことのない剛志が逆ギレして泣きながらに反発すると、

『いいじゃないか。誰を友達に選ぶのか、それを決めるのは剛志で、お母さんじゃない』

珍《めず》しくも、父親が全面的に剛志の味方をしてくれたのだった。

もっとも。父親の助力がなくても、剛志は素直に引くつもりは毛頭なかったが。

なのに。

(また——なのか?)

そう思うと。一時《いっとき》収まりかけていた、母に対する憤《いきどお》りと反発が再びムラムラと込み上げてきた。

「いや。おまえンとこのおふくろさんがどうとか、そういうわけじゃないけど……」

だから。剛志は、いっそきっぱりと口にする。

「——なら、何? おれ、別に、誰に何を言われたっていいよ。だって、コーちゃんだけだも

ん、好きなのは……」

それだけが、自分にとっての真実なのだ。

すると。洸一は、わずかに唇の端《はし》を歪めた。

「だからぁ。もちっと気を遣《つか》えって、言ってんだよ。おまえ、頭キレるくせに肝心《かんじん》なとこで言葉が足りないから、周りの奴らが変に誤解するんだってば」

（違うよ、コーちゃん）

剛志は、内心、ふと——ごちる。

それは、言葉が足りないのではなく。あえて、何も言葉にしないだけ——なのだ。

はっきり言って。剛志の関心は、洸一だけにしか向かない。

洸一相手なら、どんなことでも、最大限に言葉を尽くして惜《お》しまないが。それ以外のことなど、別にどうでもよかった。

周囲《あか》の人間《たにん》が何をあげつらって、自分のことをどんなふうに誤解しようと、いちいちムキになって弁解しようという気にもならない。それだけのことだった。

けれども。洸一は、

「それでなくても、おまえ、裏本家の直系だっていうんで注目の的なんだから」

剛志がまったく予想もしていなかったことを口にした。

「何？　それ……」

そしたら、洸一は苦笑まじりに片頬《かたほお》で笑った。

「おまえって、ホント、しっかりしてるようで、変なトコで妙に疎《うと》いのな。まっ、ほかの奴らと違って、そういうガツガツしてないところがいかにも大物——って感じなんだろうけど。でも、ホントに、もうちょっと自分のことに関心を持った方がいいぞ、剛志」

(それって……)

誉《ほ》められているのか。

けなされているのか……。

その瞬間。どういうリアクションを取ればいいのか、わからなくて。束《つか》の間《ま》——剛志は息を詰《つ》める。

「おまえ——こっちに帰ってくるたび、俺ン家《ち》に入り浸《びた》ってるだろ？ …っと、さ。高村は格下の外様《とざま》の分際で、本城《ほんじょう》の息子《むすこ》に取り入っておこぼれを狙《ねら》ってる……だの、なんだの。あることないこと、言われるわけよ」

「……え？」

剛志は、思わず言葉を呑《の》んだ。サラリとした口調で、今、洸一がとんでもない爆弾《ばくだん》を落としてくれたような気がして。

「俺はさぁ。おまえが裏本家の直系だろうが、ただの天然ボケだろうが、そんなことはどうでもいいんだ。俺にとっておまえは、どこをどう切っても、ただの『本城剛志』なんだから。今

更、何を言われたってかまやしない。でも——だけど、そのとばっちりが親の方までいっちまうと、さすがにキツイもんがあってさ。おまえも知ってるだろうけど、俺は、ここから出られないからな。だから、それ以外のことで、あんまり親に負担をかけたくないんだ。おまえ——俺の言ってること、わかるよな？」

ガンガンと、こめかみを蹴《け》りつける音がした。そのせいか、ときおり洸一の声が変なふうに歪んで聴《き》こえた。

「ご…めん……コーちゃん。そんなこと——おれ、ぜんぜん考えたことなくて……」

その言葉を吐き出すだけで、すっかり血の気の失《う》せてしまった唇がヒクヒクと痙《ひき》つった。

「俺の方こそ、ゴメンな。帰ってきた早々、俺も、おまえにこんなこと……言いたくなかったんだけど……」

プルプルと、剛志は頭《かぶり》を振る。その先の言葉を聴きたくなくて。

「これから——ちゃんと、気を付けるよ。だから、コーちゃん。お願いだから、おれのこと……きらいにならないでッ」

洸一に、何かをしてほしいわけではない。ただ、剛志は、自分の中の唯一の拠《よ》り所《どころ》を奪われたくなかったのだ。

「嫌いになんか、ならねーよ。ただ、おまえも中学生になったんだから、もちっと自分の周りをきちんと見てほしいなぁ……とか、思ってるだけだって」

たぶん、それが。洸一にとっての精一杯《せいいっぱい》だったのだろう。

中学生になりたての自分——いや、剛志の目から見た洸一は、いつだって、頼《たよ》り甲斐《がい》のある『大人』だった。

だが。その洸一だって、いまだ親の保護を必要とする三歳違いの高校生なのだと、今更のように思い知った。

洸一に……。

洸一にだけは、絶対、嫌われたくない。

子供じみた……。

いや。子どもゆえの一途《いちず》な想《おも》い込みだと、人は言うかもしれない。

それでも、よかった。洸一に対する剛志の執着心《しゅうちゃくしん》に、あえて『理由』付けが必要だというのなら。

剛志はキリキリと奥歯を軋《きし》らせる。

洸一に諭《さと》されて、初めて気付いた。ただ単純に『好き』という感情だけでは動かない、現実の重さに。

そして——恥じた。直接、彼の口から聞かされるまで気付かなかった、自分の無知さかげんを。

ここは、独特の因習に縛《しば》られている封土《ふうど》なのだった。時間《とき》の彼方《かなた》に忘れ去られたはずの『神』

が、ここでは、まだ生きている。

　だからこそ。言いたくもないことを、あえて口に出さずにはいられなかっただろう洸一の苦《く》渋《じゅう》が――痛い。

　普段《ふだん》。まったく気にも留めていなかった『血統』という名の時代錯誤《さくご》を、このとき初めて、剛志は明確に意識した。多大な不快感もあらわに……。

　裏本家の直系。

　その言葉が孕むリアルな現実の、なんと忌《い》ま忌ましいことか。

　脈動する《血》の証《あかし》は、たぶん、一生抜けはしないのだろう。

　いや。それどころか、剛志が『剛志』である限り、死んでもその血脈に呪縛《じゅばく》され続けるに違いない。

　他人の思惑がどうであれ。剛志は、洸一へのあからさまな執着心以外、自分にも他人にも、まるで関心がなかった。

　洸一への想いが自分の中の聖域であったから、剛志は、それで満足だった。

　自分が想っている分の見返りを欲しがったりもしなかったし。その想いの丈《たけ》を洸一にぶつけてみたいという衝動《しょうどう》に駆《か》られたこともなかった。

　ただ、洸一と逢って語らうことを誰にも邪魔《じゃま》されたくなかっただけなのだ。

　自分の中の『想い』は自分だけのものだから、他人は――関係ない。そう、思っていた。

なのに。その無関心という傲慢《ごうまん》のツケが、洸一と彼の家族を不用意に傷つけていたのだと知らされて、剛志は血が滲《にじ》むほどに唇を噛《か》み締《し》めた。

（くっそぉ……）

（――なんでッ）

（どうしてッ）

どこにも、誰にもぶつけようのない――怒《いか》り。

それゆえの、煮えたぎるような自己嫌悪《けんお》。

それでも。剛志は、洸一を失いたくはなかったのだ。

逢えるのは、一年に一度。わずか十日にも満たない、帰省の期間だけ……。

それだけが、剛志の心の支えだった。

洸一には、洸一の生活があり。剛志には剛志の、家庭の事情というものがある。

電話口で声を聴くだけでは満たされない飢渇感《きかつかん》を何と呼べばいいのか……。剛志にはわからない。

けれども。

剛志は見つけてしまったのだ。年に一度、親類縁者《えんじゃ》を集めて盛大《せいだい》に行なわれる神璽《しんじ》の席で、たくさんの人混《ひとご》みの中から、彼の存在を。

いや――違う。

正確に言うのなら。広大な本家の敷地内で迷子《まいご》になり、あまりの心細さに泣くことすらできず、ただ呆然《ぼうぜん》絶句で途方《とほう》に暮れていた剛志を、偶然《ぐうぜん》、洸一が見つけてくれたのだ。

「おまえ――こんなとこで、何やってんの？」

そう問いかける双眸のきつさが、次の瞬間、

「あ……もしかして、迷子か？」

ふわり――と、やさしくなった。

「ダメだぞ。こんなとこに一人で来たら……」

コンナトコロというのが、どんなトコロなのかも。一人で来てはダメと言う洸一が、なぜ、どうしてここにいるのかもわからなかったが。

たった一人で立ち竦《すく》んでいた剛志にとって。まさに、奇跡《きせき》のような邂逅《かいこう》に思えた。

「おまえ、名前は？」

「――タケシ」

「タケシ、か。俺は、コーイチだ」

「……コー……ちゃん？」

繋いだ手の温もりは、その瞬間から、忘れられない記憶《おもいで》になったのだ。

たとえ。それが、ただの偶然だったとしても。

あるいは――『神』様の気紛《きまぐ》れだったとしても。

その出会いは。心がズクズク挫《くじ》けてしまいそうな不安の中で見つけた、唯一の、鮮《あざ》やかな光明のように思えたのだ。

だから――逢えなくなったら、きっと、死んでしまう。

それは、早熟な刷り込みにすぎないと、人は笑い飛ばすだけかもしれないが。

剛志は。頼るべき父と母の現実の醜《みにく》さを、嫌というほど知ってしまった。

だから。

剛志は必死で考える。『夢』を見続けるためには、どうすればいいのかを。

そうして、知った。『子ども』と呼ばれる自分が、いかに無力な存在であるのかを。

未熟な『子ども』は、自我《じが》の有無《うむ》ではなく、年齢《ねんれい》によって一律に束縛されるのだ。

親の庇護《ひご》が必要不可欠な、未成年。

その枷《かせ》に縛られている限り、どれほど切実に望んでも得られないものがあるのだと知った。

目の前には『時間』という名の壁が立ち塞《ふさ》がっている。

(……せめて)

その思いに、剛志は、今更のように拳《こぶし》を握り締める。せめて、彼と対等《タメ》を張れる年齢であればよかったのに……と。

そのとき、初めて。剛志は腹の底から渇望したのだ。『力』――を。

時の壁を。

血のこだわりを。
目の前に立ち塞がる諸々《もろもろ》のことを突《つ》き破るほどの『力』が欲しいと。
そうすれば。誰にも、何も、言わせはしないのにッ……と。

# 渇望《かつぼう》という名の孤独《こどく》　II

寝苦《ねぐる》しい夜だった。

まだ七月に入ったばかりだというのに、すでに、闇は熱をもって喘いでいた。熱帯夜——と呼ぶには胸《むな》くそが悪くなるような乾《かわ》ききった大気が、ガリガリと暗闇《よる》を貪り喰らうような凶《きょう》暴《ぼう》さで。

去年は。じとじと……と降り続く長雨に祟《たた》られて、夏がなかった。

その帳尻合《ちょうじりあ》わせのつもりなのか。

今年は、梅雨がない。

ほんのお湿《しめ》り程度の雨は、降るには降ったが。初夏の爽《さわ》やかさが、いきなり、真夏の暑さにすり替《か》わってしまったかのようだった。

朝から雲ひとつない蒼穹《そうきゅう》のまぶしさが、恨《うら》めしい。

もう、指折り数えるのも嫌になるほどの連日の真夏日に、どこもかしこも、誰も彼もが……うだっている。どこにも、誰にも、八つ当たりのしようがなくて。

「あぁ……くっそォ……」

寝床《ねどこ》に入って何度目かの寝返りを打ちながら、洸一は小さく毒づいた。

足下《あしもと》の扇風機《せんぷうき》は熱を孕んだ風を遠慮もなく送り付けてくるだけで、それ以上、何の役にも立たない。

こういうときは、つくづくエアコンが欲しいと思う。今の今、無い物ねだりをしてもしようがないのはわかっていたが。

眠れない夜に、喉が灼《や》けた。

いや。灼けるのは、喉ばかりではない。チリチリと疼《うず》くような火種《ねつ》が身体のそこかしこで燻《くすぶ》っている。

それを自覚すると、もう、ダメだった。

「はぁぁ………。——ったく、たまんねーよな」

身体の内側に籠《こ》もった熱がじっとりと滲み出てくるような汗が、更に、不快感を煽《あお》った。

ため息まじりにベッドを抜け出し、階下へ降りて、冷蔵庫からウーロン茶のペットボトルを取り出す。

立て続けに、コップで二杯。

それでも、まだ、喉の渇《かわ》きは止まらなかった。

そして。ふと、何気なくキッチンの窓から外を見やって——知る。寝苦しいのは、何も、熱帯夜のせいばかりではないことを。

樹木が、ざわめいていた。いつにない激しさで……。

風の唸《うな》り、ではない。

もっと、ずっと、大地の奥深いところで。樹木――いや、山そのものが啼《な》いているかのようだった。

今年は、荒神大祭《あらがみたいさい》と呼ばれる神璽《しんじ》の節目の年。神璽の祭祀《さいし》を務める三原宗家《みはらそうけ》当主の代替《だいが》わりが行なわれる十年目の夏に当たる。

そのせいだろうか。今年に入ってからは、去年よりもずっと、日増しに妙見山《みようけん》がざわついているような気がした。

そして。洸一自身も。その森気《しんき》の乱れに煽られるかのように、ときおり理由《わけ》もなく体調を崩《くず》した。

ただの錯覚ではない。

妙見山がざわつくと、洸一の血潮も滾る。よくも悪くも。まるで、大地の脈動と洸一の搏動《はくどう》が共鳴しあっているのではないかと思うほどに。それを口に出して他人に語ったことは、一度もないが。

実は。三歳になったばかりの頃。洸一は、山で遭難《そうなん》しかけたことがあった。

両親と山菜採りに出かけて、いつのまにか、一人はぐれてしまった――らしい。洸一自身は、そんなこと、まったく覚えてはいないが。

まるで、神隠《かみかく》しにでもあったかのように。三日三晩、洸一の行方《ゆくえ》は知れなかった。

妙見山の樹海は、いったん迷い込むと、足慣れた者でも方向感覚が狂うと言われていた。まして や、三歳の幼児だ。

寒さと空腹で、動けなくなったか。

それとも。雑草に足を取られて、谷に落ちたか。

これはもう、ダメだろう。

そんなふうに、絶望的な言葉が人々の口の端《はし》で洩れはじめた四日目の朝。

洸一は、まるで何もなかったかのように、ひょっこり家に戻ってきたのだった。自分の足で。

だが、どこもかしこも泥《どろ》だらけの姿で……。

なにせ、三歳児である。

三日三晩、心配のあまり夜も眠れず、げっそりやつれ果ててしまった両親には申し訳ないのだが。今も、そこらへんの記憶《きおく》はすっぽり抜け落ちたままだ。

ただ。なぜか洸一は、三日間も飲まず食わずで山を彷徨《さまよ》っていたという恐怖感《きょうふかん》はなかったような気がした。

だから——だろうか。その後も平気で山に入ろうとして、母から、こっぴどく叱《しか》られた記憶はあるのだ。

『御山《おやま》に行っちゃ、ダメッ』

いつもの優《やさ》しい母とはまるで違う、厳しい顔。抜け落ちた記憶を補うかのように、それは、ひどく鮮明だった。

なぜ、山に入ってはダメなのか。

それを問うと。母は、いつも、

『御山の神様は、子どもが嫌いなの。だから、子どもが御山に入ると神様は怒って、子どもを食べちゃうのよ』

そんなふうに、洸一を脅《おど》した。

洸一はそれを信じたわけでも、怖がったりもしなかったが。山へ行くと言って駄々《だだ》をこねると、終いには母が泣き出すので。だから洸一は、母を泣かせるのが嫌で、一時《いっとき》、妙見山には近寄らなかった。

そうして。

それから、しばらくして。原因不明の頭痛が洸一を襲《おそ》いはじめたのだ。

始まりが何であったのかは……わからない。

ただ、頭の芯をキリキリと締め付けるような痛みだけが鮮烈《せんれつ》だった。

両親は、洸一が泣いて訴えるそれを仮病《けびょう》だとは思わなかったようだが。原因は、まったくわからず。病院で診《み》てもらっても、何の異常も見られないという医師の言葉に、ただ困惑するばかりだった。

更には。

妙見山の霊威《れいい》が及ばない土地――すなわち、神住《かずみ》市から出ようとすると、とたんに、猛烈《もうれつ》な頭痛に襲われることが判明すると。やがて。誰の口からともなく、奇妙な噂がまことしやかに囁《ささや》かれはじめた。

『高村の息子は《荒神さま》に祟られている』

――と。

『だいたい、三歳の子どもが三日も飲まず食わずで無事に還《かえ》ってこられるのが、おかしい』

『あの子は、やっぱり《荒神さま》に憑《つ》かれた忌神子《いみご》に違いない』

『いつかまた、きっと、神隠しに遭《あ》うに決まってる』

それが、根も葉もない中傷だと憤激《ふんげき》まじりに断言するには、原因不明の洸一の偏頭痛《へんずつう》はあまりにも異質でありすぎたのだった。

現実問題として。洸一は、神住市からは一歩も『外』へ出られない。それを無視して無理やり出ようとすると、頭痛は更に激化し、全身に痙攣《けいれん》が走った。

検査に次ぐ検査でも異常が見られず。最後に回された精神科の医師は、洸一の頭痛は山で遭難しかけたことのトラウマによる一種のヒステリー症《しょう》ではないかと言い。何かと集団行動に支障をきたす洸一のそれを、学校側は、単なる自己逃避《とうひ》だと決めつけた。

その奇妙な持病のせいで、洸一は。小・中・高校を通して、修学旅行どころか、部活の試合にも、ちょっとしたハイキングにも行けなかった。

いや……それどころか、

『知ってるか？　高村の目……ときどき、緑色に光るんだってさ。気味悪いよなぁ』

『だって、あいつ……荒神様の隠し子だもん』

『小学校の頃、あいつを苛《いじ》めた奴らはみんな、怪我《けが》したり、熱出したりしたんだって？』

噂は噂を呼び、

『高村君に睨《にら》まれたら、金縛《かなしば》りに遭うんだって。怖いよねぇ』

『どっかのバカなヤンキーが高村君にケンカ吹《ふ》っかけて、アワ噴《ふ》いてブッ倒れたって……。ホント？』

『あの人、やっぱり……祟《たた》り憑《つ》きなのよ』

アレやコレやの尾ひれ付けまくり状態で、ずっと、親しい友人もできないままだった。それが寂《さび》しいと、スネてヒネまくるほど、洸一のプライドは脆《もろ》くもなかったが。

もっとも。異端児《いたんじ》が奮起して頑張《がんば》って、勉学でもスポーツでも集団から抜きんでると、ますます孤立するものだとも知った。

それならそれで、極《きわ》めてみるのも悪くはないと思うくらいには充分、洸一も意地っ張りだったに違いないが。

おかげで、全国模試では上位キープの常連だった。それをやっかむ連中が、

「模試は模試で、本番とは違うし？」

「だよなぁ。それに、いくら実力があったって、『外』に出られないんじゃあな。宝の持ち腐《ぐさ》れだって」

これ見よがしに揶揄《やゆ》するほどには、だ。

そんな中で。唯一、誰の目も憚《はばか》らずにまとわりついてきたのが剛志だった。

その剛志も、近頃では自分の立場というものを自覚しはじめたのか。以前のように、洸一にベッタリまとわりついてくるようなことはなくなった。

それでも。両親は。洸一の頭痛が幼児期特有のものではないか……と、淡い期待をしていたようだった。

——と、いうよりはむしろ。一人息子を因習に縛られた地元に埋没《まいぼつ》させることを嫌って、できれば、よその高校・大学へと進学させたかったようだが。結局、洸一の身体がそれを受け付けなかった。

今。洸一は、市内にある私立大学に通っている。学力がどうの……というより、頭痛に悩《なや》まされることなく受験できたのが、唯一、その大学だけだったからである。

洸一自身、そのことはもう、自分なりにケジメを付けてしまっている。何をどう努力しても『外』に出ることが叶《かな》わないのなら、できる範囲《はんい》で最善のことをやりたい。それだけだった。

たとえ、そのことで、周囲の人間からどういう目で見られようとも——である。

「はぁ……。さっき風呂《ふろ》に入ったばかりだっていうのに、もう、身体がベトベトだ」

熱を孕んだ樹木のざわめきが、妙に、洸一の血を昂《たか》ぶらせる。

それがただの錯覚でも、強迫観念《きょうはくかんねん》じみた妄想でもないことを、洸一は知っている。

感じる――のだ。

身体の奥底からフツフツと湧《わ》き上がるような疼きを。それが、何であるのかは……わからなかったが。

とにかく。このままでは、とても眠れそうになかった。

洸一は、今更のようにじっとりとため息を洩らす。

「しょうがない。も一回、シャワーでも浴びるか……」

ひとりごちて、キッチンの電気を消す。そうして、足音を忍ばせてバス・ルームへと向かいながら、ふと気付いた。

いつもは明け放たれているはずの居間のドアが、今夜はピタリと閉じられている。

さすがに、両親も、この暑さにはまいってしまったのだろう。早々と、エアコンのきく部屋に逃げ込んでしまっている。

「まっ、しょうがねぇよな」

一家を支える大黒柱と脛《すね》かじりの身分の差は、歴然としている。もうひとつアルバイトを増やして、エアコンの頭金でも作るかと、本気で考えはじめる洸一だった。

風呂の残り湯は、まだ熱をもっていた。

そのせいだろう。裸《はだか》になってバス・ルームのドアを閉めると、狭《せま》い密室は、とたんにムッと蒸した。

シャワーのコックを、おもいきりよくひねる。

だが。熱く火照《ほて》った身体を冷ますには、まだ、何か足りない。

そう——足りないのだ。

それが、何であるのかを自覚して。洸一は、この夜、一番重いため息をついた。

もう、二週間以上も逢っていない。

その人の顔を思い浮かべるだけで、ただ無性《むしょう》に逢いたくてたまらなくなる。

想う相手は、自分よりも分別のある大人で。時間にも、世間のしがらみにも縛られない、自由気ままな大学生の自分とは違うのだと知っている。

そんなことは、誰よりもよくわかっているはずなのに。逢えないことが、こんなにも辛《つら》いことだとは思ってもみなかったのだ。

(これじゃあ、まるで、サカリのついたメス猫じゃねーかよ)

思わず、洸一は歯嚙《はが》みする。自分の中に、意のままにならない『もうひとりの自分』を飼っているような気がして。

自分は男、で。

その人も——男で。

だから、逢いたくてもままならない――のではない。

彼は。訳のわからない偏頭痛に縛られて『外』に出られない自分以上に、この地に色濃《いろこ》く根付く独特の因習に身も心も――いや、その血の一滴《ひとしずく》までもが雁字搦《がんじがら》めに束縛されているのだった。ただ『逢いたい』という気持ちだけでは、どうにもならないほどに。

「逢えないときは、おまえの声だけでも聴きたい。だけど、これは、俺と洸一だけのホットラインなんだから、ほかの誰にもこの番号は教えるんじゃないぞ？」

そんなふうに言われて渡された携帯《けいたい》電話には、一日一度は必ず、彼からのメールは入るが。

最後に別れたきり、あれから一度も声は聴いていない。

だからといって。それを詰《なじ》る気もなければ、自分から彼に電話をしようとも思わなかった。

そういうわけで。メールのはこまめにキッチリやってはいるのだが。声のホットラインは常に、彼から洸一への一方通行になってしまっている。

それは。彼の立場を慮《おもんぱか》って――ということも、あるにはあったが。それを許してしまえば、自分の気持ちにも歯止めが……ケジメがなくなってしまいそうで。それが、嫌だった。

電話をして声を聴けば、逢いたくなる。

逢って、確かめたくなる。互いの温もりと、どうしようもない餓《う》えの在《あ》り処《か》を。

束縛したいのではない。

――そんなことができるとも思わなかったが。

束縛されたいとも思わない。

——たぶん。

なのに。逢えば、吐息《といき》の先まで満たされたいと思うのだ。

恋——というほど甘くなく。かといって、セックスだけ——と割り切れるほどドライにもなれない。

そんな関係を何と呼べばいいのか。洸一には、いまだにわからない。

なにしろ。始まりは、暴力という名のセックス——最低最悪の強姦《ごうかん》だったのだから。

キスどころか、女の子とまともに手を握ったこともないのに。力ずくで、いきなり身体の最《さい》奥《おう》まで押し開かれて蹂躙《じゅうりん》された。

言葉もなかった。

愛撫もなかった。

何がなんだかわからないまま押し倒されて、絶句した。

凶悪としか言いようのない形相で伸《の》し掛《か》かられて、喉が灼け。

凶暴すぎるキスに、舌の根まで食い千切られるのではないかと恐怖し。

痙《ひき》っ《つ》た身体を荒々しく裸に毟《むし》られて、総毛立ち。

首筋を。

胸を。

脇腹を。

脚《あし》の付け根を。

嫌というほど舐《な》め回されて。

血が滲むほど容赦《ようしゃ》なく嚙み付かれて。

心底――震え上がった。

だが。そんなことは真の凶行が始まる前の、ただの前戯《ぜんぎ》にしかすぎなかったのだと。すぐに、思い知らされた。

剝き出しにされた後蕾を指でこじ開けられて、牡《おす》の昂ぶりを捻《ね》じ込まれたとき。洸一は、身体の中に灼熱《しゃくねつ》のドリルをブチ込まれたような気がして――痙った悲鳴を上げた。

痛い、とか。

裂《さ》ける――とか。

そんな、口でどうこう言えるような生易《なまやさ》しいものではなかった。

あえて、例えるのなら、

『灼け爛《ただ》れる』

それが一番近い感覚だったかもしれない。

何度も。

繰り返し――何度も。肉が裂けるほどに抉《えぐ》られて膨れ上がった鼓動は爆裂《ばくれつ》し、掠《かす》れた悲鳴も凍りついた。

脳天がへしゃげるほど奥の奥まで突き上げられて、目の裏で何度も火花が散った。

しなりきった肉刀で串刺《くしざ》しにされたまま、なす術《すべ》もなく。壊《こわ》れかけた人形のように、ひたすらガクガクと揺すられた。

**イッタイ、ナゼ？**

**――ドウシテ？**

**コンナコトニナッテシマッタノカ。**

突然、我が身に降りかかってきた『陵辱《りょうじょく》』という名の暴風雨に巻き込まれて、洸一は、身も心もボロボロになった。

何を、どうすればいいのか……わからない。

自分をこんな目にあわせた男に対する憤激《ふんげき》がどうのというより。身動き一つできずに、力任せに引き裂かれたという恐怖の方がはるかに勝《まさ》った。

彼は、ある意味、その存在感でもってこの地を支える名士だった。

それこそ。常ならば、洸一の人生とは一生交わることもないほどの雲上人であった。

その彼が、今は、とてつもなく恐ろしい怪物《エイリアン》のように思えた。

硬《かた》くしなった彼の凶器で身体の最奥まで抉られて、おもうさま貪り喰われる——恐怖。それを思い出すだけで顔面が痙り、吐《は》きそうになった。

可もなく、不可もなく。ただ淡々と過ぎていくだけの日常が、その瞬間、リアルな悪夢にすり替《か》わる。

けれども。『外』に出られない洸一には、どこにも逃げ場がなかった。

ましてや。洸一のせいで、ずっと肩身《かたみ》の狭い思いをしてきた両親には、それを告げることもできなかった。

誰にも言えない。

どこにも——行けない。

ただ、頭の芯までズキズキと疼くような恐怖だけが洸一を支配した。

なぜなら。その悪夢としか思えない凶事が、一度では終わらなかったからだ。

彼に呼び出されて、その視線に曝《さら》されると。洸一はいつも、自分が生《い》け贄《にえ》の儀式《ぎしき》に差し出された哀《あわ》れな子羊になったような気がした。

なのに。

好きなだけ洸一を貪り喰って、その餓えが満たされてようやく狂気のケダモノのような憑《つ》き物《もの》が落ちてしまうと。彼は、いつも、辛そうな目で洸一を見た。

「——すまない。こんなふうにおまえを抱きたいわけじゃないのに……。おまえの顔を見て、おまえの匂《にお》いをかいでしまうと、ダメなんだ。自分で自分が抑《おさ》えられなくなる。おまえだけ……おまえでないと、ダメなんだ。だから、洸一……頼むから、俺を見捨てないでくれ」

自分よりはるかに大人なはずの彼に強く抱きしめられて、そんなふうに掻《か》き口説《くど》かれると。

心が……揺れた。

彼の中には、彼とは違う人格《モノ》が在る。そんなふうにも思えて。

ケダモノのように洸一を貪り尽くす『彼』とは別人のような真摯《しんし》さに、洸一は、いつしか彼を憎めなくなった。

彼に名前を呼ばれると、なぜか——振り向かずにはいられない。

彼との、ケダモノじみたセックスには一生慣れることはない。そう思っていたのに、だ。

その感情の発露《はつろ》に、洸一は、自分で自分がわからなくなった。

いったい、『自分』は『何』を、『どう』したいのか。その出口が見つからなくて。

身体を重ねるたびに、キスは、息苦しいほど濃厚《のうこう》になった。

そして。そのキスに引き摺《ず》られて洸一が甘い声を洩らしはじめると、ただ力任せに突き上げるだけのケダモノじみた交わりも激変した。

いつも、無理やり身体を開かせて、洸一を泣かせるだけ鳴かせてきた反動——だったりするのか。彼は、洸一ですら知らなかった快楽のポイントを暴《あば》き立てるのに夢中になった。

耳たぶを舐《ねぶ》り。

所有のマーキングを施《ほどこ》すように首筋を甘く咬《か》み。

乳首《ちくび》を指で摘《つま》んで捏《こ》ね回しては、たっぷり唾液《だえき》をのせた舌で舐め上げる。

そして。ほんのり色づいて乳首が尖《とが》ると、嬉々《きき》として吸いついた。更に、芯が通るまで。きつく……。

その刺激だけで、洸一の股間はじっとりと熱を持った。

ただ力ずくで身体を開かされていたときには感じなかった、甘い——痺《しび》れ。

だが。それが恥ずかしいと思う余裕など、洸一にはなかった。追い上げられて先走る快感を追うのに、精一杯だったからだ。

袋《ふくろ》ごとやんわり双珠《タマ》を握り込まれると、ヒクリと脇腹が痙れた。

そこを指でひとつずつ擦《こす》り揉《も》まれるように弄《いじ》られると、痛いのか、気持ちいいのか……。自分でも、よくわからなくて。ただ、食いしばった歯列をこじ開けるように掠れた声だけが洩れた。

そんな洸一の声に、顔つきに、ひどくそそられると彼は言う。

そのときに、自分がどんな顔をしているのかもわからないが。それでも、執拗《しつよう》にそこを揉みしだかれているのが辛《つら》くなって泣きを入れると、

「あとで、洸一の好きなところをいっぱい舐めてやるから。だから……もう少し、我慢《がまん》できるだろ？」

ねっとりと囁くのだ。普段は冷然とした唇をうっすらと綻《ほころ》ばせて。

そうすると。禁欲的に威圧感《いあっかん》のある双眸すらもが淫蕩《いんとう》な艶《つや》を増した。

「ここを弄ると、洸一の精液《ミルク》が凄《すご》く……甘くなる」

そんなわけ――ない。

それは。彼が自分をいたぶるための方便としか思えなくて。洸一が唇を噛んで、つと――目を逸《そ》らすと。

「久しぶりだからな。俺も……美味《おい》しいミルクが飲みたい」

愛撫の手は更にきつくなった。

「だから、今日は、洸一のミルクは全部搾《しぼ》り取ってやろうな。ここが――空になるまでだ」

しっとりと深みのある淫らな囁きは、甘い毒だった。羞恥《しゅうち》を煽るよりも先に、洸一の思考を灼く。

「そしたら。次に逢うときには、また、たっぷり溜《た》まっているだろう？　だから、勝手に抜いたりしたらダメだぞ、洸一。自分でしたくなっても、ちゃんと我慢しなさい。約束――できるな？」

自慰《じい》をすることは許さないと、彼は、ことさらに甘く強要した。

「洸一が気持ち良くなって、ここを……膨らませていいのは、俺に抱かれているときだけだ。たっぷりミルクの詰まったコレを揉んでいいのも、俺だけ。だから、自分で出したりしたら、

許さない」

嚙んで言い含《ふく》めるように。首筋を舌でじっとりと舐め上げ、耳たぶを甘く咬んで、

「そんなことをしたら、お仕置だぞ？　膝《ひざ》の上に乗せたまま挿《い》れて、泣いて謝っても射精《い》かせてやらない。わかったな、洸一」

そんな恐ろしげなことを楽しげに囁き。洸一が顔を痙《ひき》つらせて頷《うなず》くまで、愛撫の手は止まらなかった。

そうして。

いつも……。

精液の最後の一滴《ひとしずく》まで搾り取られて、イかされるのだ。

指で、巧《たく》みに追い上げられて。

双珠の裏筋を舌で舐られ。

張ったエラごと唇でしごき上げられて……。

何度も。

——鳴かされる。

「ほぉら、気持ち良《い》いだろ？」

紅《あか》く熟れきった先端《せんたん》の蜜口《みつぐち》を指の腹で、やんわり何度も擦られて——腰が浮き。

その刺激に煽られて掠れた声を洩らすと。

「先っぽが……トロトロになってきた」

深く切れ込んだ緋肉《ひにく》に爪《つめ》を立て、

「……っだッ。そ…こ……そこ……やめッ……」

「どうして？　洸一は、ここを弄られるのが……好きだろ？」

剝き出しの神経を搔き毟るように弄るのだ。

「ヤ…ッ。しないで……しな……ひっ…ぁぁぁッ……」

洸一が喉を痙らせて許しを請《こ》うまで。

そして。何も吐き出すものがなくなってしまうと、ヒリついた粘膜《ねんまく》を尖らせた舌で丁寧《ていねい》に舐め取られて。

――啼《な》かされるのだ。

指と舌とで後蕾がトロトロに蕩《とろ》けるまでほぐされても、彼のしなりきった肉刀のような凶器で貫《つらぬ》かれると、その痛みで鳥肌《とりはだ》が立った。

なのに。根元まで深々と吞《の》まされて、声が掠れるほどに抉られて――揺すられると。後肛の粘膜がヒリヒリと擦られて、思ってもみない淫らな熱を生んだ。

そうやって、容赦もなく突き上げられて。

――堕《お》とされて。

眼底が真っ赤に疼く頃になると。彼が吐き出したもので洸一の中はいっぱいになった。

怖くて。

痛くて。

吐き気が込み上げるほど――嫌でたまらなかったその行為《こうい》にも、いつしか慣らされ。

彼と抱き合うことに嫌悪以外のモノが生まれたのは、いつのことだっただろう。

彼は、執拗に掻き口説く。

「おまえが必要なんだ、洸一」

情事の激しさのあとで、いつも。

「おまえを何処《どこ》にもやりたくない」

手に、足に、絡みつくしがらみを今すぐに切って捨てることはできないけれど――と。

『洸一……』

分別のある大人の余裕をチラつかせて、深みのあるクール・ボイスが自分の名前を呼ぶ。

『コーイチ……』

ねっとりと淫猥《いんわい》な毒を孕んだ彼の声が、耳にこびりついて離れない。

それを思い出すだけで、鎮《しず》まりきらない身体の熱さに火が点《つ》いた。

半ば勃《た》ち上がりかけていたそれを握り締め、洸一は息をつく。

（…ちく…しょ…ぉ………。あんたが――悪い…んだからなぁ………）

深々と、ひとつ大きく胸を喘がせて。

壁に背もたれて軽くしごいただけで、それは、すぐに硬くしなりを増して——洸一の手を弾《はじ》いた。

（……んな……なるまで、俺を放《ほう》っておく、あんたが——悪いんだ）

ジンと疼く——腰。

唇の端をひと舐めして、洸一はゆったり足を踏《ふ》ん張った。

彼の『声』を。

彼のしなやかな『指』を。

熱く、淫猥な——『舌』を。

ねっとりと甘い『唇』を思い出して。

自慰を——する。

その刺激は、彼が与《あた》えてくれる悦楽《えつらく》には程遠《ほどとお》いものだったが。

それでも。硬く芯の通ったそれをしごき上げると、慣れた感覚がじっとりと背骨に喰《く》らいついてきた。

ゆうるり……と。その一点にだけとぐろを巻くかのように。

「……ぅ……あァ……」

思わず洩れた喘ぎが、シャワーの飛沫《しぶき》に掻き消される。

膨れ上がる鼓動が吐息を嚙んで、弾け上がる。

より——高く。

熱く……。

痺れるような潤《うる》みを目指して。

(ヨシキ……さ……ん………)

声にならない喘ぎとともに。

# 深淵《しんえん》の鼓動《こどう》

射千玉《ぬばたま》の——夜。
幾重《いくえ》にも塗《ぬ》り込められた漆黒《やみ》の深淵《しんえん》が、わずかに痙れた。
音もなく。
ねっとりと渦《うず》を巻いて。

もうじき、十年目の夏が来る。
『時』が——満ちる。
その禍々《まがまが》しさを知らしめるかのように。

とろり……と膿《う》んだ沈黙が、闇の静寂《せいじゃく》を掻き毟る。
声なき『声』が夜陰《やいん》を喰らい。
幻惑《げんわく》の鼓動が呪詛《じゆそ》を撒《ま》き散らす。
ゆるり——と。
……ひっそり、と。

# 神籬《ひもろぎ》

蒼《あお》くまぶしい空に、視界を埋《う》め尽くす原生林の深緑《しんりょく》が鮮やかだった。

降り注ぐ太陽の光をやんわりと抱き止めるかのように、大きく腕を張る広葉樹林。

しっとりとまろやかな大気の濃密さは、錯綜《さくそう》する樹勢《じゅせい》に優しくまつろいながら、密やかに口付ける。

煌《きら》めく一葉一葉に。

洩れる、陽光の雫《しずく》に。

苔生《こけむ》す——林床《りんしょう》に。

そうして。

束の間。

静かに、時間が止まるのだ。

森淵《しんえん》の霊威《れいい》の目覚めを促《うなが》すかのように。

恭《うやうや》しくも厳《おごそ》かなる——静謐《せいひつ》。

そうやって訪《おとず》れた沈黙の重さは、やがて、何人《なんぴと》たりとも侵《おか》すことのできない聖域になるのだろう。

『天』と『地』の祝福のもとに。

あるいは……。

人知の思惑を超《こ》えた『神』と『魔』の密約の下《もと》に……。

§§§§§§§　§§§§§§§　§§§§§§§

「ちょっとぉ、洸一クン。この道で、ホントに大丈夫《だいじょうぶ》……なのぉ？」

山道《さんどう》を逸れ、細々とした獣道《けものみち》が続く緩斜面《かんしゃめん》をジグザグに登りながら、佐々木恵子《ささきけいこ》が荒い声を張り上げた。

「朝っぱらから、化粧《けしょう》もそこそこに急《せ》かしたんだもん。大丈夫に……決まってるわよぉ。でなけりゃ……リンチ、なんだからぁ」

先陣《せんじん》を切る洸一の背中を睨みつけてキツイ言葉を投げつける村田初美《むらたはつみ》は、早くも顎《あご》が上がっている。

朝食を、とは言わず。化粧もそこそこというあたりが初美らしい……とばかりに、そのすぐ後ろで、剛志が片頬だけでシニカルに笑う。

それに気付いて、ひときわ小柄《こがら》な加納純子《かのうじゅんこ》がかすかに唇を嚙み締めた。その目元に、悔《くや》しげな色を滲ませて。

唯一、ただ一人を除いて。普段は他人に無関心な剛志のクール・フェイスがわずかでも綻びた、そのことに驚いたわけではなく。よりにもよって、剛志にそんな顔をさせた相手が気に喰わないとでも言いたげに。

「しっかし、ひでーとこ、通るんだなぁ。もちっと、マシな道はないのかよ」

顎から滴《したた》り落ちる大粒《おおつぶ》の汗を手の甲《こう》で拭《ぬぐ》いながら、前園拓也《まえぞのたくや》までもがしきりにぼやく。

「なぁにが、すぐ近く……だよ。もう、三十分以上も歩いてんだぜ。朝っぱらから、まったく、冗談《じょうだん》じゃねぇよなぁ」

文句を垂れざま、寺川大輔《てらかわだいすけ》は先を行く女性陣のペースの遅さ《ノロ》に焦《じ》れて。しんがりから、ブルドーザー並みにドカドカと足音を立てて一気に斜面をショートカットした。

それを横目で流し見て、洸一はかすかに眉《まゆ》をひそめた。

「大輔さん。無理なショートカットは、体力を消耗《しょうもう》するだけだって。みんなのペースに合わせて、ゆっくり行った方がいい」

「バカ言えェ。おまえらみたいに、トロくさく、チンタラ歩いてたら、よけい、疲《つか》れちまうだろうがッ」

肩で大きく息を切らせながら、大輔は、それでも我《が》を曲げようとはしない。

「とにかく、ここを……登りきりゃ、いいんだろう？　なら、さっさと行こうぜ」

これ以上時間を無駄《むだ》にするのはゴメンだぜ——と言わんばかりに、大輔は大股《おおまた》でズカズカと登っていく。

すると。

「——だよねぇ」

「ホント。とっとと済ませちまおうよ」

「賛成。早くしないと、お昼御飯《ひるごはん》になっちゃうわよ」

恵子や拓也、初美までもが同じように、大輔の後に続いて歩き出した。

その足下《あしもと》に、しっかり、雑草を踏み付けにした即席《そくせき》の道が出来上がってしまっているのを見て、洸一は浅いため息を洩らした。

(こいつら、ホントに、本家の直系かよ。…ったく、まるでなっちゃねーな)

『御山《おやま》に入ったら、御山を敬え』

——とは。代々、このあたり一帯を統治してきた三原一族の家訓でもある。

その家訓を、ゲシゲシ・ガツガツと足蹴《あしげ》にするかのような、大輔たちの乱暴なショートカットであった。

(去年の奴らは、軟弱モンばっかりで。行って帰るまで、ビービー泣き言のオンパレードで閉口したけど。今年は、自己チュー揃いかよ。こんなんじゃ、六道《りくどう》のバーさまも浮かばれないよな)

昨年。裏本家の生き字引と言われ、九十八歳の大往生を遂《と》げた大婆《おおババ》の顔を思い浮かべながら、うっすら滲んだ額の汗を拭う洸一だった。

そもそも。三原の開祖は妙見山の守護人《もりびと》として、『山神《やまがみ》』が娘を孕ませてできた半神半人の家系だと言われていた。

まぁ、伝統と因習がいまだに幅《はば》をきかせている風土の始祖伝説としては、有りがちな伝承の類《たぐい》ではあったが。

だから、であろうか。本家の《御山》へのこだわり方は、傍《はた》から見ると尋常《じんじょう》ならざるものがあった。

時が流れ。時代が移り変わろうとも、

『安易な人の出入りは、山主様《やまぬし》の眠りを妨《さまた》げる』

それが、本家の変わらぬ持論であった。

山に人の手を入れた土地開発など、御法度《ごはっと》どころかタブーの極《きわ》みであったし。下生えの草刈《くさか》りすらもが厳禁であった。

自然は在るがままに。

『天災は神の怒《いか》りであり。その御心《みこころ》は人知のはるか及《およ》ばないところに在る』

それはもう、頑《かたく》なほどの信念であった。

人が山に入り、同じところを何度も歩けば、そこに道ができる。そうやって安易に踏み固めてしまった道には、もう二度と植物も生えないし。その道そのものが、地脈をブッ切りにしてしまうこともある。

そんな、ほんの些細《ささい》なことの積み重ねが、ひいては《御山》の神域をも穢《けが》し、やがては千禍《せんか》の災厄《さいやく》となって自分たちの身に降りかかってくるのだと。

『祟り』だの。

『災厄』だの。

そんな伝承の過激さは別にして。安易な人の出入りが山の生態系を狂わせてしまうというのは、ある意味、笑えない言葉の重さでもある。

希少価値のある高山植物や山の幸《さち》を根こそぎ乱獲《らんかく》する。

山道でない斜面をショートカットして、道を作る。

林床をゴミ箱代わりにする。

昨今の登山者《ハイカー》のマナーの悪さは、言われて久しい。

反面。それを憂《うれ》う真の登山家もまた、大勢いるのだが……。

それでいくと、三原一族の強力な後ろ楯《だて》のある妙見山は、いまだ俗世《ぞくせ》に踏み荒らされていない《山》の神聖さを保っているとも言えた。

土地者ではない者が聞けば、それこそ一笑《いっしょう》に付してしまいそうな伝承の類なら、腐《くさ》るほどある。

ここでは、土着信仰《しんこう》としてのシンボルである《山》が持つ神聖さとおどろおどろしさが、いまだに人々の生活の中に生きているのだ。

それらのすべてが、妙見山に対する——いや、三原一族への畏怖《いふ》の念が作り上げた迷信《めいしん》だと言い切れる者は、ここにはいない。

大なり少なり、彼らは知っているのだ。

山は、すべてに均《ひと》しく寛大《かんだい》なのではないと。

そこには。人知の及ばない奇跡も、摩訶不思議《まかふしぎ》な現象も確かに在る——のだと。

そして。『山神』の力を具現する異能力が、細々ながらも、本家直系にのみ受け継がれていることを。十年目の神璽としてそれが継承《けいしょう》されていく限り、災厄は、確かにこの地を避《さ》けて通るのだと。

神霊《しんれい》が宿る、聖なる場所。

妙見山には、いわゆる磐境《いわさか》として、その神聖を保つために玉垣《たまがき》が張り巡《めぐ》らされているわけでも。霊山として崇《あが》め奉《たてまつ》るための、立派な社《やしろ》が建立《こんりゅう》されているわけでもない。

美山——と呼ぶには無骨すぎ。しかも、登山者《ハイカー》の気を惹《ひ》く景観など何ひとつありはしなかったが。それでも、地元民にとっては日々の暮らしに根付いた霊験《れいげん》あらたかな『荒神様《あらがみ》』なのだった。

しかし。時間《とき》の波がゆっくりと、だが確実に人々の生活を侵食《しんしょく》するのもまた、避けられない時代の流れだったりもするのだろう。

伝承が書き記された古文書が蔵《くら》の中で埃《ほこり》をかぶり、風習だけが儀式《ぎしき》化していく昨今、一族の威光《いこう》も衰《おとろ》えを隠しきれなくなりつつあった。

　何より。直系の末裔《まつえい》である大輔たちにしてからが、内心、今どきカビの生えた家訓など何の役にも立たないと思っている。

　そのくせ。直系であることの利害とプライドが絡むと、誰もが、とたんに掌《てのひら》を返したように従順になる。

「荒神さまに、お神酒《みき》とお供え物をお願いしますよ」

　裏本家当主の直々の言葉とあれば、文句を垂れながらでも、誰ひとり引き返そうとしないほどには……。

「どうしたのさ、コーちゃん。変なため息なんかついちゃって……」

　不意に肩を叩《たた》かれてハッと振り向くと、肩先に剛志の端正《たんせい》な顔があった。

「みんな、もう、行っちゃったよ？」

　言われて、今更のように気付く。剛志の後ろを歩いていたはずの純子までもが、頭上の樹木の端に見え隠れしていることに。

　どうやら。剛志だけはショートカットをせずに、洸一同様、ジグザグ歩きで登ってきたらしい。

　大輔たちとは、日頃から身体の鍛《きた》え方が違うのか。それとも、このメンバーの中では唯一、現役《げんえき》の高校生である剛志は体力が有り余っているのか。額にうっすら汗を滲ませただけで、息を切らしてもいない。

「どうやら、まともなのはおまえだけらしいな、剛志」

思わず声に出してごちると。剛志は、洸一の言わんとしたことを正しく汲んで、軽く肩を竦めてみせた。

「別に『荒神さま』のタタリが怖いわけじゃないけどね。まっ、郷《ごう》に入らば郷に従えってやつかな」

耳触《みみざわ》りの良い声音《こわね》の柔《やわ》らかさは、相変わらずであった。頭の回転の速さも、どこか大人びた口調も。

ましてや。女たちが遠巻きに嬌声《きょうせい》を張り上げずにはおかない美貌《びぼう》は、年齢《とし》とともに、ますます磨《みが》きがかかってきた。

蕾《つぼみ》から花へ――とは。少女が女性へと変貌する過程《さま》をある種の感慨《かんがい》をもって言い表すには、実に美しい例えではあるが。剛志の場合も、充分、それに張るものがあった。

歳月《さいげつ》とは、確かに、驚くほどに人を成長させる妙薬《みょうやく》なのだろう。

もっとも。

洸一の場合は。いつも自分の尻にばかりくっついていたアレが……とか思うと。さすがに、人一倍感慨深いものがあって。

一年ぶりにこうやって肩を並べてみると、何やら、目線の高さまでもがやけに気になってし

まうのだった。

「――何？」

別段、じっと凝視《ぎょうし》されるテレもなさそうに剛志が問う。

「おまえ……。また、デカくなったんじゃねーの？」

すると。剛志は遠慮もなく、唇の端でクスリと笑った。

「妬《や》ける？」

「バカ言え。ついこの間まで、鼻水垂らして泣いてたガキのくせして……」

「あー……。ひどいな、コーちゃん。そんな昔の古傷を引っ張り出すなんて、反則もいいトコだって」

そうやってボヤきながら、不意に、洸一の目を覗《のぞ》き込むように唇を寄せて囁いた。

「やっぱ、コーちゃん。ひそかに妬いてるだろう？」

その……まるで流し目でもくれるような艶《あで》やかな眼差《まなざ》しと、昔ながらのヤンチャな声のトーンの落差に。束の間、洸一は訳もわからず息を呑む。そのせいか、

「誰が、だよ。調子に、ノンな」

唇を突いて出たのは、ひどく掠れた憎まれ口だった。

しかも、

「コーちゃん、一七三センチだっけ？　おれ、八二だよ、今」

そうやってキッチリ数字で攻めてこられると、嫌でも意識してしまう。ベソをかきながら、自分の後ろを必死で追いかけてきた『あの子』は、もう、どこにもいないのだと。

「でも、まぁ、あれだね。コーちゃんは、ずっとおれのヒーローだったから。そのコーちゃんをこうやって見下ろせるのも、案外、悪くないかも」

洸一は、思わずムッとした。

たとえ。それが悪意のない、ただのジョークだとわかってはいても。なんだか、不意に、剛志との距離《きょり》を実感させられてしまったような気がして。それが少しだけ、悔しかったのかもしれない。

本家の直系筋の中でも一番濃い血を汲む剛志に勝《まさ》るものなど、何もない。たったひとつ、三歳年上であることを除けば。

そんな剛志の口から、こともなげに『おれのヒーロー』などと言われると、なにげに決まりが悪い。

「剛志。おまえ、デカくなった分、根性も悪くなりやがっただろ」

──と。剛志は。ニンマリと唇の端を捲《めく》り上げ、ことさらゆったりと言った。

「朱《しゅ》に交われば赤くなる──って、ね。コーちゃん、自覚しなきゃダメだよ」

瞬間。洸一は啞然《あぜん》とする。

（そりゃあ、どういう意味だよ？）

だが。

「それに——周りが周りだしね。四六時中ネコ被《かぶ》っちゃいられないよ」

言葉の端々《はしばし》にこもる、どこか投げやりの白々しさに、十七歳の素顔《すがお》が透《す》けて見えたような気がして。洸一は、とっさに返す言葉に詰まった。

「何を言われてもヘラヘラ笑っていられるほど、おれ……人間デキてないし?」

それでも。何か言わなければ、ますます沈黙が重くなるような気まずさに、洸一はクイッと顎をしゃくった。

「髪……切らねーのか?」

いきなり脈絡《みゃくらく》のないことを言って話の腰を折られても、剛志は。別にそれを詰りもしなければ、恨みがましい文句も吐《は》かなかった。ただ、じっと、洸一の目を見返しただけで。

微塵《みじん》も揺らがない、強い輝きを放つ——瞳《ひとみ》。

(——なん…だ?)

一瞬。その眼差しに呑まれてしまいそうな気がして、洸一は、

(しっかりしろよ、洸一。相手は、三つも年下のガキだぜ。気合いで負けちゃ、話にならねーよ)

自分に喝《かつ》を入れる。

「ずいぶん、長いよな」

不揃《ふぞろ》いに伸びたままの剛志の髪は、とうに肩を過ぎていた。

いくら自由闊達《かったつ》の校風がウリの麻宮学園と言えども、いささか、問題あり――なのではなかろうかと。洸一は、つい、頭髪《とうはつ》を含めて風紀検査にはやたらうるさかった自身の高校生活を振り返ってしまう。

「やっぱ、コーちゃんも、男のくせにみっともない……とか、思う？」

ということは、さんざん誰かに言われたクチなのだろう。

だったら。駄目押しであれこれ口を挟《はさ》むまでもないか――と、

「似合ってりゃ、別にいいんじゃねーの？　ロンゲだろうが、モヒカンだろうが……」

軽く、いなす。

すると。剛志は、つと目を逸らして、ため息ともつかぬものを吐き出した。

「まぁ、おれの場合、半分は願掛《がんか》けみたいなもんなんだけど」

一瞬。

何かが、チクリと洸一の胸を刺した。歯列を割って滲み出る苦さをともなって。

剛志の両親の仲があまり上手《うま》くいっていないという話は、洸一も知っている。わざわざ聞き耳を立てなくても、そういうことが自然に話題に上ってしまうほど、剛志の存在感は抜きん出ているということなのだろう。

そして。その噂に拍車《はくしゃ》をかけるかのように、今年はついに、剛志の父は一緒に帰省しては来

なかった。

毎年。八月のこの時期になると、県内外から『三原』の血族が集結する。本家の直系から、かろうじて血族の末端《まったん》に名を連ねている者まで。総出で祖先の霊を供養《くよう》するためである。

これはもう、血族であれば、何があっても最優先させなければならない年中行事であった。

どれほど仕事が忙《いそが》しかろうが。

塾の夏期テストの真っ最中だろうが。

部活の試合が控えていようが。

まるでDNAに刷り込まれた帰巣《きそう》本能のように、誰も欠かしたことはない。

なぜなら。

血族にとって。町を挙げての——と言っても過言ではない先祖の追善供養を迎《むか》える神璽の、そのごく短い期間だけが、大手を振って本家の敷居《しきい》を跨《また》ぐことができる唯一の機会だったからである。

特に。本家の血に近い者ほど遠くへ住居を構えなければならないという、洸一には理解しがたい家訓に縛られている者たちはなおさらであった。

無礼講の祭り——なのではない。

普段、めったに顔を見せない宗家当主の尊顔を拝する。それは、一族の義務であると同時に、年に一度、襟《えり》を正して臨《のぞ》む厳粛《げんしゅく》なる儀式であった。

しかも。今年は、十九代三原家当主——三《み》原由樹《はらよしき》が当主としての祭祀を務める最期《さいご》の年でもある。何をさておいても、否《いや》が応でも、来ないわけにはいかなかった。

広大な土地を所有し、荒神大祭《あらがみたいさい》としての神璽を司《つかさど》る三原宗家には、家訓とは別に、奇妙な不文律が三つある。

**『壱《いち》——表本家当主の座はすべからく、裏本家直系の娘が腹を借りし男子が継ぐべし。**
**弐《に》——表本家当主は、山神様《やまがみ》との契《ちぎ》りをもってこれを認め、生涯《しょうがい》、妻帯を許さず。**
**参——表本家当主の座は、十年間を限りとす』**

表本家とは、すなわち三原宗家を指し。

裏本家とは、筆頭分家の六道家《りくどうけ》を言う。

つまり。神璽の祭祀として、絶対的な権限を持つ『表』の顔が三原家当主であり。分家の名を借りてはいるが、実質、宗家の血統を支えている六道家が『裏』の当主なのだ。

その意味においては。宗家の黒子《くろこ》役に徹《てっ》することで『三原』を支え、半神半人と言われる《血》を確実に次代へ繋《つな》ぐことのできる娘たちこそが、真の当主であるといっても過言ではあるまい。

更に、不思議なことには。宗家当主の座は、一子相伝とはいえ、真の意味での世襲《せしゅう》ではないのだ。

言葉を返せば。直系筋である娘が産んだ男子であれば、年齢には関係なく。更に言えば、その人間性はともかくとして、誰にでも等しく宗家の当主になれる資格がある——ということになる。

グッと唸るほどの立派な屋敷に住み。年に一度の神璽で祭祀を務めること以外、表立っての仕事といえば、日に二度、堂に籠《こ》もって真言を唱えるだけの生活である。にもかかわらず、上《あ》げ膳据《ぜんす》え膳《ぜん》で裏本家の女たちに傅《かしず》かれているのが、宗家当主である。

傍から見れば、これほどお気楽で結構な商売はない——と思われて当然のような気もするのだが。半ば神格化された宗家の敷居はことのほか高く、細かな内情はほとんど外部に洩れることはなかった。

しかしながら。当主の資格がある男子——というだけで両本家から優遇《ゆうぐう》されるようなことは、まず、ない。

『血統』という資格さえクリアできれば、当主の『権利』は平等に配分されるが。その中で頂点を極《きわ》めることができるのは、たった一人だけ。『荒神様』の神託《しんたく》によって、次期当主に選ばれた者だけが、すべてを手中にできるのだ。

もっとも。その神託すらもが分厚い鉄のカーテンの向こうで行なわれるトップ・シークレットで、その経緯《けいい》を洩らすことも、それに対しての異議を申し立てることも許されてはいない。

それでも。十年ごとの代替《だいが》わりが滞《とどこお》りなく執《と》り行なわれてきたのであるから、『神託』もそれなりの信憑性《しんぴょうせい》があるのだろう。

次期当主に選ばれるということは、すなわち、己《おのれ》が《神》の血を引いていることを認められた証《あかし》でもある。だからこそ、直系の者たちは、年に一度の宗家参りを欠かさないのである。

だが。運良く宗家の当主の座を射止めたとしても、それは期限付きの、一代限りの栄誉《えいよ》である。生涯独身という不文律がある限り、自分の子を次代へ残すこともできない。

それが、ただの建て前でないことは明白な事実として残っている。

歴代の当主たちは、その権利のすべてを放棄《ほうき》した後も変わらず、死ぬまで独身《ひとりみ》を貫《つらぬ》き通す。まるで、誓詞《せいし》に心魂《しんこん》まで呪縛されているかのような律儀《りちぎ》さでもって。そのほとんどが僧籍《そうせき》に身を置くのも、また、慣例化しているほどであった。

『荒神様』と契るということはそういうことなのだと、口に出さずとも、その生きざまに現れているのだ。

その、連綿とした事実があるからこそ、今日まで、三原宗家の神格化が保たれてきたのかもしれない。

どんなに傑出《けっしゅつ》した名家であれ、血は、淀《よど》めば腐る。

直系の男子であっても、選ばれた当主以外には『三原』の名を継がせないという不文律は、神璽に名を借りた一種の『血の粛清』ではなかろうかと、洸一は思うことがある。

その血筋の末席にかろうじてしがみついているとはいえ、血の濃さからいけば、洸一と剛志たちとはまるっきりの赤の他人である。

周囲の者がどう思っているかは、知らないが。洸一自身、両本家に対する思い入れが格別にあるわけではない。

剛志たち直系の者たちとは違い、地元に住んでいる関係上、それなりに『長い物には巻かれろ』的なものは確かにあったが。それが、ヘドを吐きたくなるほど嫌だと感じたことはなかった。

ただ……。洸一は、『荒神様』と呼ばれる妙見山に縛られているだけであった。目には見えない、誰にも、洸一自身にも説明のつかない摩訶不思議な『力』でもって。

それが、古くからの因習に縛られているこの地で、洸一を異端児せしめているのもまた、紛《まぎ》れもない事実ではあったが。

だから——というわけではないが。幼い頃の洸一の足は自然に、親の目を盗んでは妙見山へと向いた。独りでも退屈しない遊び場といえば、そこしかなかったのだ。

春には、さまざまな生命の芽生えが。

夏は、虫捕《と》り。

秋には、秋の味覚が。

厳しい冬の寒さの中にも、それなりの楽しみ方があった。

四季を通じて、山の緑はいつでも洸一を満たしてくれた。

冗談でも、錯覚でもなく。妙見山の懐《ふところ》に入れば、気分は爽快《そうかい》だった。まるで、体内のベクトルが『荒神様』と同調してしまったかのように……。

そうして。

まるで自分の庭のように歩き親しむうちに、ふと——気付いた。洸一を癒《いや》し満たしてくれる御山の中には『正《プラス》』と『負《マイナス》』の磁場めいたモノがあることに。

限りない高揚感《こうようかん》と。

言い知れぬ不気味な昏《くら》さ……。

それを何と呼ぶのか——洸一は知らない。ただ、その両極があってこその『荒神様』なのだろうと。

いつだったか……。

何かの拍子《ひょうし》に、ふと、それを洩らしたとき。父は、今更のように深々とため息をついた。

『おまえは、つくづく、御山に魅入《みい》られてるんだなぁ……』

——と。

迷信深《めいしんぶか》いタチではないが、父も地元の人間である。『荒神様』に対するこだわりは、捨てきれないものがあるようだった。

密約の血

洸一と剛志が、緩斜面《かんしゃめん》を登りきって皆に追いついたとき。

「あー、くそぉッ……。喉が渇いて、たまんねーぜ」

無理なショートカットで一段と体力を消耗《しょうもう》してしまったのか。大輔は朽《く》ちた木にどっかりと座り込み、滝《たき》のごとく流れ落ちる汗もそのままに、水筒の水をガブ飲みしていた。

「大輔さん。水を飲むのは、ほどほどにしといた方がいい。よけいに疲れるだけだから」

しかし。それとなくたしなめる洸一の言葉など、初めから耳に入れる気もないのだろう。グビリ、グビリ……と鳴る大輔の喉音は止まらない。

いや。大輔だけではない。

ふと、目をやれば。誰もかれもがぐったりと座り込んだまま、水筒に貪りついていた。

別段。毎年、男女六人でチームを組んで、荒神《あらがみ》さまを祭ってある社までの時間を競うタイム・レースをやっているわけではないので。一応、その日のうちに『霊鎮《たましず》め』の儀式を終えて無事に帰りつけば、どれほど時間がかかってもかまわないわけだが。こんな体《てい》たらくでは、

(はぁぁ……。先が思いやられるぜ)

洸一も、つい、そんなふうにボヤかずにはいられなかった。

「洸一……クン。まだ、先なのォ？」

肩で荒く息をついたまま、うんざりするように初美が言った。

「もうじき、だけど……」

言いながら。このメンバーで、いったい、あとどのくらい時間がかかるのか……。さすがの洸一も予想ができなくて、内心、ため息が洩れる。

（どうせ、俺が尻を叩いても、こいつら……歩き出しそうにないしな）

「ちょっと、休んでいこうか？」

このあたりで、一息入れた方がいいかもしれない——と。

すると。恵子が真っ先に、だが、どんよりと手を上げた。

「さんせー……」

後に続く声は——ない。

かといって。皆が反対しているわけではなく。むしろ、それが当然の総意であって、だったら、わざわざ口に出す必要もない——というところなのだろう。

剛志以外の者は一様に、己の体力のなさを呪《のろ》っているかのように、荒く胸を喘がせたまま無言で頭《こうべ》を垂れていた。

儀式で使う神酒《みき》と供物《くもつ》の入ったリュックを下ろしざま、洸一は、あたりにザッと目を配る。

そして。何の異質も見られないことを確認して、その場に腰を落とした。

このところの妙見山のざわつき方が、洸一には妙に気になってしょうがない。八月に入ってからは、身体の芯がやたらピリピリと疼く。こんなことは、今まで、一度もなかった。

だから。

洸一としては。

三日後に控えた大祭の神璽に入る前の露払《つゆはら》いでもある『霊鎮め』の儀式を無事に執り行なうために、より慎重《しんちょう》に剛志たちを先導して来たのだが。どうやら、その気遣《きづか》いも、裏目に出てしまったようだった。

そんな洸一の左隣《ひだりどなり》に、剛志がゆったりと座る。それが、さも当然であるかのようなさりげなさで。

そして。ふと、思い出したように洸一を見やった。

「ねぇ、コーちゃん。普通《ふつう》、お社まで、どのくらいで行けるわけ？」

「四十分……かな」

しごくあっさりと、洸一がそれを言うと。剛志は、口の端でシニカルに笑った。

「なぁんだ。どうりで、去年、山から下りてきた茂《しげる》さんたちがバテバテのヨレヨレだったはずだよね。コーちゃんの足でそれなら、おれたちじゃ、やっぱ、二時間ってとこ？」

「げぇ～～～～～二時間？　死んじまうぜェ……」

汗で肌《はだ》にベッタリ張り付くTシャツが、よほど不快なのか。その裾《すそ》をつかんで、やたらバタバタと扇《あお》ぎながら拓也が思わず泣きを入れる。

設備の整ったスポーツ・クラブで流す汗は、いっこうに苦にもならないのだろうが。さすがに、大自然相手では勝手が違うらしい。半ば痙った顔を歪めて、

「六道《りくどう》の婆様《バーさま》も、とんでもない役目を押しつけやがったよなぁ」

ブチブチと愚痴る。

まさか、こんな貧乏クジを引かされる羽目になるなんて思わなかった——というのが見え見えであった。

すると。

「しょうがないわよ。今年はあたしたちの当番だって、直々に名指しされちゃあね」

見かけの派手さとは裏腹に、恵子が意外なほどのしおらしさで髪を掻き上げた。

「いいかげんな理由をこじつけて逃げたら、あとで、なんて言われるかわからないもの」

今更、戻るに戻れない。

それが、彼らの偽《いつわ》らざる本音だったりするのだろう。

裏本家の家系図に印《しる》された名前は、永劫《えいごう》、消えない。

どんな死にざまを曝《さら》しても、人々の記憶からは忘れ去られても、名前だけは残る。いつまでも……。連綿と続く血脈の一片《いっぺん》として。

その苦々しさと煩《わずら》わしさが、この時期、一度にやってくる。

「そうよね。毎年、誰かがヒーヒー言いながらやってきたことだもんね」

本家の直系としての通過儀礼。

そう言いながらも、やはり、初美の口も重い。

年に一度、一族総出で行なわれる荒神大祭の神璽。その神聖なる儀式が執り行なわれる三日前に『霊鎮め』と称《しょう》して、直系筋の男女六人が『荒神様』の祠《ほこら》へ詣《もう》でる。それが、昔からの習《なら》わしであった。

その介添《かいぞ》え役として、洸一は三年前から山へ登るようになった。

しかし。洸一がそれを引き受けるにあたっては、洸一の両親のみならず、一族の者たちからも猛反発《もうはんぱつ》を喰らった。

両親は。洸一が、再び『神隠《かみかく》し』に遭《あ》うことを怖れ。

一族の者たちは、祟り憑きの『忌神子《いみご》』である洸一を大切な儀式の介添え役にするなど、絶対に認められないと。それはもう、強硬《きょうこう》に反対した。

だが、それも。

『ここいらで御山《おやま》のことを一番良く知ってるのは、洸一じゃからのぉ。なぁんも、不都合なぞありゃあせんじゃろ?』

裏本家当主のツルの一声で、一蹴《いっしゅう》された。

そういう経緯《いきさつ》もあって。直系筋の者たちは、いまだに、洸一に対する反発心が強い。

大輔たちの自己チューぶりも、元を正せばそれに尽きるのだ。

直系男子といえども。当主になる資格はあっても、それによって優遇《ゆうぐう》されることはまったくないのに。一族の末席を汚《けが》す洸一にはなぜか、裏本家は甘い。その不満がブスブスと燻《くすぶ》っているからだ。

もとより、洸一は自分の立場を誰よりも自覚していたので。そんな火種に、自らドバドバとガソリンをブッ掛《か》ける気にもなれなかったのだが。

『ボランティアだとでも思えばいいじゃろ？』

『秀行《ひでゆき》さんも、いいかげん、お年ですからねぇ。もうそろそろ、お若い方とお役交代してもらいたいのですよ』

裏本家の婆様《バーさま》たちに、よってたかって押し切られてしまったのだ。

そして。両親には、

『このまま《外》に出られないのなら、本家の仕事を覚えた方が洸一の将来のためになる』

正攻法《せいこうほう》の説得で見事に寄り切ってしまった。

洸一にしてみれば、

（そんな、猫の首に鈴《すず》を付けるようなマネしなくても、俺は逃げないって言ってるのに……。もしかして、由樹さん、ゴリ押しなんてしてないよな？）

——だったが。

「だけど。いいかげん、こういうのって……面倒《めんどう》くさいわ」

毎年の決まり事とはいえ、こんなことまで律儀に遵守《じゅんしゅ》する必要がどこにあるのか——とでも言いたげであった。

だから、つい。洸一も、

（おまえらが、それを言っちゃあオシマイだろ？）

ツッコミを入れたくなってしまう。

すると、

「だったら、無理して帰ってくる必要《こと》もないんじゃない？　神子《みこ》役なら、ほかにもメンバーが揃《そろ》ってるんだし」

どこか刺《とげ》のある言葉を投げつけ、純子が鼻の先で笑う。

ここ数年。なぜか、純子は事あるごとに初美を目の敵《かたき》にしている。

その確執《かくしつ》の元凶《げんきょう》に心当たりでもあるのか。大輔と拓也は意味ありげに顔を見合わせ、どちらからともなく、口の端でうっすらと笑った。

だが。当の初美も負けてはいなかった。

右の頬を打たれたら、利子を付けて倍返し——とばかりに、

「アメリカンのあんたに、言われる筋合いはないわよ」

ピシャリと返す。

一口に直系と言っても、それなりの《血》の優劣《ゆうれつ》はある。

極端《きょくたん》に言ってしまえば。それは。人間の品性や容姿の美醜《びしゅう》、頭のデキの善《よ》し悪《あ》しなどはまったく度外視した《血》の濃淡《のうたん》なのだが。

血筋の濃さからいけば、確かに、純子よりも初美の方が勝《まさ》るのだ。それを踏まえた上でこともなげにアメリカン（…血が薄い…）と言われ、一瞬、コンプレックスを逆なでにされたような気でもしたのか、純子の唇がそれと知れるほどに痙れた。

人間。疲れてくると、気配りする余裕もなくなって、ついつい剝き出しの本音が出てしまうものなのだろう。

同族ゆえの、埋まらない軋轢《あつれき》——とでも言おうか。

洸一自身は、身分差がどうの……などと、時代錯誤《アナクロ》な言葉で自分を卑下《ひげ》するつもりは毛頭ないが。それでも。不可侵《ふかしん》な『格式』というものは確かに存在するのだ。

門構えの大きさとか。

所有する土地の広さとか。

調度品の豪華《ごうか》さ——などではない。

それこそ、一朝一夕《いっちょういっせき》には埋まらない《血》の重さ……とでも言えばいいのだろうか。

『表』と。

——『裏』。

両本家の、どっしりと大地に根を下ろしたような豪奢《ごうしゃ》な屋敷《やしき》の其処此処《そこここ》で籠もる『陰《かげ》』と『昏《くら》さ』を、洸一は意識する。不可視なそれを、肌を舐めるような感覚でもって。

その感覚は。

なぜか……。

どこか、妙見山の『負』の磁場と酷似《こくじ》しているような気がしてならない洸一だった。

そんなことを、つらつらと思い出していた洸一は。そのとき、

「おい。洸一ッ」

不意に名前を呼ばれ、ハッと顔を上げた。

——と。ジャストなタイミングで、不遜《ふそん》な顔つきで自分を見つめる大輔の視線ときっちりかちあった。

「洸一。おまえ、一人で、さっさと社まで行ってこいよ。俺たちゃ、ここで待ってるからさ。どうせ、事の段取りをするのはおまえの役目なんだろ? だったら、皆が皆、ガン首揃えて行く必要もねーだろうが。おまえさえ黙ってりゃ、バレやしねーんだからよ」

(なッ……………)

予想もしない大輔の暴言に、さすがの洸一も絶句する。

(あんた……。自分が何を言ってンのか、わかってんのかよ?)

洸一がじっとりと眉をひそめると同時に、

「そういうのって……やっぱ、マズイんじゃないの、大輔さん。六道《りくどう》の大婆《おおババ》ちゃんの受け売りじゃないけど、何の意味がないように思えても、欠かさずにそれを続けることが大切なんだろ？」

剛志がやんわりとした口調でたしなめた。

が――何を思ってか。大輔は、いきなり哄笑《こうしょう》した。

肩を揺すり、吸いかけの煙草《たばこ》が白々と灰になるまでひとしきり笑って。にんまりと、唇の端を吊り上げた。

「まさか……おまえに説教されるたぁ思わなかったぜ、剛志」

「大輔さんが、あんまり大人げないことばっかり言うからだよ」

「大人げないって――何が？」

「祠に詣でるのは、表本家と『荒神さま』が交《か》わした誓約《せいやく》を世襲《せしゅう》するための大切な儀式だってこと……。まさか、忘れちゃったわけじゃないよね？」

七歳年上の大輔を、まるで教え諭《さと》すかのような静かな口調だった。

これでは、いったい、どちらが年上かわからない。

そんな含み笑いともつかないものが、誰の口からともなく洩れる。

だが。大輔は、ここで大声を張り上げるのも癪《しゃく》だと思ったのか。

それとも。このメンバーでは最年長である大人の余裕で、剛志を軽くあしらうつもりだったのか。

煙草を足下に投げ捨てると、爪先《つまさき》でグリグリ踏み潰した。

「剛志よぉ。おまえ、もしかして……裏本家のババアどもの話を、マジに信じてんじゃねーだろうな？」

それでも。声の不機嫌さまでは隠せなかった。

「そういう大輔さんは、どうなのさ。まるっきり、何も信じてないわけ？」

「はっ……。ガキは、これだから困る」

大仰《おおぎょう》に肩を竦めて、大輔はこれ見よがしのため息をつく。

そういう仕草が妙にサマになるのも、ちょっと崩《くず》れた悪ぶりが嫌味《いやみ》にならない程度に目立つのも、大輔ならでは——というところなのだろうが。正面切って理路整然と正論を吐く剛志には、だいぶ……いや、かなり旗色が悪い。

「剛志。おまえさぁ、今どき『荒神さま』だの『血のタタリ』だの。そんなこと言ってちゃ、世間の笑いモンだぜ。社会に出て、生きていけねーよ」

初《しょ》っ端《ぱな》の大輔の暴言は、ともかく。その言葉《せりふ》には、心情的には賛同できるものがあるのか。

拓也も初美も、コクコクと頷いている。

「裏本家のババアは、そうやって、いたいけなガキを洗脳すんのが仕事なわけだから。まぁ、いいけどさ。おまえ、もう十七だろ？　図体《ずうたい》ばっかデカくなってどうすんだ。あぁ？　もちっと、大人になれや」

けれども。しっかり当《あ》て擦《こす》りを込めて小バカにしたような大輔の言い様にも、剛志は動じたふうはなかった。それが癇《かん》に障《さわ》るのか、

「小学生の鍛練《たんれん》遠足じゃねーんだぜ。いい年齢《とし》した男と女が、汗みどろでガン首揃えて『荒神さま』と三三九度のマネごとだぜ。…ったく、冗談じゃねーって。そんなモン、誰がやったって同じだろうが。だったら、そんなもんは、裏本家のババアどものお気に入りの洸一に任せときゃいいんだよ」

剛志がダメならとばかりに、今度は、そのお鉢《はち》が洸一に廻《まわ》ってくる。

ところが。思いがけないほどのそっけなさで、きっぱり、剛志は言ってのけた。

「コーちゃんはダメだよ。血族って言ったって、本家筋から見たら、ほとんど赤の他人なんだから」

一瞬、惚《ほう》けたように大輔が双眸《そうぼう》を瞠《みは》る。

そして。おもむろに、その目を洸一に向けると、

「おい、洸一。聞いたか？」

あからさまにクックッと喉で笑った。

「血がアメリカンどころか、まるっきりの他人だとよ。『コーちゃん、コーちゃん』…って、

ガキの頃はしつこく金魚のフンしてた剛志にそこまでハッキリ言われちゃあ、おまえも立つ瀬がねーよなぁ」

だが。洸一は、眉ひとつひそめはしなかった。

今更、である。

本家に対する血のこだわりなど、大輔が嘲《あざけ》るほどには——ない。

洸一が縛られているのは連綿と受け継がれてきた《血》の重さではなく、妙見山が放つ不可解な霊威《れいい》だけなのだから。

裏本家に取り入って、あわよくば直系筋の娘と……。そんな、彼らが勘繰《かんぐ》っているような大それた野望もなければ、欲もない。

たぶん。剛志だけが、そんな洸一の本音を知っているのだ。

だから——であろうか。

「ヤだなぁ、大輔さん。おれが言ってるのは、そういうことじゃないよ。『祠詣で《ほこらもう》』には、それぞれ、ちゃんとした役割分担があるんだから、直系であるおれたちじゃなきゃ意味がないってことだよ」

剛志は、片頬だけであざとく笑ってみせた。余裕たっぷりに……。

そうすると。いつもは冷然とした剛志の美貌が、いつにない凄味《すごみ》を増した。洸一が——いや、その場にいた誰もが、思わず声を呑んで凝視してしまうほどに。

それが、どうにも許しがたいのか、

「とことん、毒されてんなぁ、おまえ。あんなの、大昔のヨタに決まってんだろうがッ」

声高《こわだか》に、大輔が吐き捨てた。

年に一度。親族が集まる八月は、子どもたちにとっては、自然を満喫《まんきつ》できる数少ない楽しみであると同時に、めっきり気が重い里帰りでもあった。

なぜなら。『祠詣で』が始まる前には必ず、小・中学生の子どもだけが本堂に集められ、裏本家の婆様《ババさま》による説法が始まるからである。

三原一族の家訓は言うに及《およ》ばず、荒神と交わす誓詞《のりと》、果ては真言念誦《しんごんねんじゅ》に至るまで。それは、正座させられた足の痺れと、情け容赦なく襲《おそ》い来る睡魔《すいま》との格闘《かくとう》でもあった。

それでも。子どもたちは毎年、それを欠かさない。内心、

『こんなことをやって、何になるんだよ?』

そんなふうに思いながらも、

『それが、我が一族の仕来たりというものです』

そう言われれば、意地でも出ないわけにはいかなかった。

親たちの目はもとより、同じ年頃の子どもが持つ、奇妙なライバル意識がある。

皆が公平に、同じ場所で同じことをやるのだ。自分ひとりだけがその輪から弾《はじ》き出されて落ちこぼれる屈辱《くつじょく》は、直系としてのプライドが許さなかった。

ましてや。仕来たりの由来やそれにまつわる伝承はさておき、男女別に、毎年わずかずつ伝授される誓詞や念誦は、子どもでも覚えやすいようにという配慮《はいりょ》などはまったくなく、教本もない『口伝』という特異な形で伝承される。その口伝は独特の韻《いん》を踏むため、一度でも聞き逃《のが》すと丸暗記できなくなるのだ。

そうやって。繰り返し、繰り返し覚えて。最初から最後まで一字一句違《たが》えることなく暗唱できて初めて、三原一族の直系として一人前と認められるのである。

ゆえに。宗家の本堂で行なわれる真言念誦の御詠歌《ごえいか》は、男女パートのハモリも斯《か》くやと思わせるほどに素晴《すば》らしく。厳粛な儀式を盛り上げるための相乗効果も抜群であった。

ちなみに。

年に一度。わずか一日だけ、真言念誦のために本堂は中学生以上の一般市民にも開放されるわけだが。私語は厳禁の上に、鳥肌が立つほどに迫力のある声明《しょうみょう》の影響《えいきょう》で、毎年、トランス状態になって失神する者が続出する。

その噂が噂を呼び、近年になって、神璽の取材申し込みなども殺到《さっとう》したが。神璽はあくまで神璽であり、さすがに、観光資源の目玉にしようなどという罰当《ばちあ》たりな不心得者は誰一人としていなかった。そんなことをすれば、荒神さまの罰《バチ》を被《こうむ》るのだと、土地者は頑なに信じていたからである。

しかし。先祖代々、そして、今現在も。大なり小なり『神』が息づく因習に縛られて暮らし

ている彼らよりも、

「だいたいなぁ、伝承なんてもんは、一パーセントの思い込みと九十九パーセントのウソっぱち――って、相場は決まってんだぜ。ンなこたぁ、誰でも知ってるこったろうが」

年に一度しか帰省を許されない血族の直系である大輔たちの気持ちの離反《りはん》が、洸一にはもっとも気になるところでもあるのだった。

なのに。そんな洸一の目から見ても、

「そう？――じゃ、試《ため》してみる？　ただの嘘《うそ》っぱちか、そうじゃないか」

そう言って、唇の端をうっすらと捲り上げた剛志は。凄まじく妖艶《ようえん》な毒を孕んだ異端のように見えた。

（こい……つ……。ホントに、あの剛志――なのか？）

なぜか。灼けるような喉の渇きさえ覚えて。洸一は、コクリと生唾《なまつば》を飲む。

すると。まるで……その喉音を聞き咎《とが》めるように、剛志の視線が洸一へと流れた。

目が合った瞬間。

ドキリ――とする。

視線が絡み合ったその一瞬に、心臓を鷲摑《わしづか》みにされたような気がして。

その双眸《そうぼう》が刹那《せつな》の笑《え》みを刷《は》いて大輔へと戻っても、昂《たか》ぶり上がった洸一の鼓動は容易には戻らなかった。

「裏本家の蔵《くら》の中には、けっこう、おもしろいものがあるんだよね。代々の誓約《せいやく》の儀式に使われた盃《さかずき》とか。何に使ったのか知らないけど、ドス黒い血がこびりついたままの小刀《あいくち》とか……」

いったい、剛志は何を言い出すつもりなのかと。洸一は、不安げに双眸を眇《すが》める。

「みんなはボケてるって言ってたけど、大婆《おおババ》ちゃんの話は——すごく、おもしろかったな。なんか……血生臭《ちなまぐさ》い怪談《かいだん》じみててさ。コワイもの見たさっていうの？　一度聞きはじめたら、もう、ヤミつきになっちゃったよ」

「ハン。それで、おまえ——毎年、大ババにベッタリだったわけかよ？」

露骨な嫌味も、

「ただ、話し相手になってただけ……だけど？」

軽くいなす。

負けじと、

「俺はまた、ボケた大ババ相手に、せっせと点数稼《かせ》ぎをやってるのかと思ってたぜ。おまえンとこ、すったもんだやってるらしいからな。なんたって、おまえ、外面《そとづら》だけは異様にいいもんなぁ。腹ン中じゃ、何考えてんのか……わかったもんじゃねーけど」

鼻先で大輔がせせら笑っても、

「裏本家がそんなに甘くないの、大輔さんが一番よく知ってんじゃないの？」

剛志の口調は微塵も揺らがなかった。それどころか、

「神童も二十歳《はたち》過ぎたらただの人――なんて言われないように、おれも頑張るよ」

大輔にとっては禁句とも言えるどぎつい皮肉を込めて、平然と、その横っ面を撲《は》り飛ばした。

暴言というにはあまりにも過激すぎる蜂《はち》の一刺《ひとさ》しに、周囲の空気が、一瞬――凍る。

なのに。

剛志は。蒼ざめて殺気立つ大輔の視線すら、あっさり、無視した。

「昔は――誓約を交《か》わすときはお神酒《みき》じゃなくて、ホントに血の盃《さかずき》を酌《く》み交わしたらしいよ。それって、やっぱり。『荒神さま』の血族だってことを、ちゃんと証明する必要があったってことだろ？」

淡々と淀みなく語るその声音《トーン》は、むしろ、うだるような真夏の暑さを忘れさせるほどに芯の通った静かさだった。

「だったら。直系の男女で詣《もう》でるってことにも、それなりにちゃんとした意味があるんだよ。そう思わない？」

「どんな――意味があるって言うのよ」

心なしか掠れた声で、初美が口をはさむ。

いや……。剛志が醸《かも》し出すモノに触発《しょくはつ》されて、何か言わずにはいられなかったと言うべきだろうか。

だから。

洸一は一瞬、錯覚しそうになる。穏《おだ》やかすぎるほどに淡々とした口調が孕む熱の在《あ》り処《か》が、洸一のよく知る人物のそれと酷似しているようで。

――と。

「バッカねぇ。そんなの、人身御供《ひとみごくう》に決まってるじゃない。ぶっちゃけた話、表本家は、裏本家の女の犠牲《ぎせい》の上に胡座《あぐら》をかいてるんだもん。だから、『タタリ』だの『呪《のろ》い』だの、そういう話が出てくるのよ」

訳知り顔で、純子が鼻を鳴らした。

もっとも。いかに純子が初美に対して含むモノがあるとは言え、常であれば、そんなことは絶対、口の端にも乗せないのであろうが。やはり、純子も、剛志の熱に煽られているのかもしれない。

絶対権力の裏には、人間の『業《ごう》』とも言うべき昏《くら》い闇が潜む。

それは、過去の歴史が物語っている、紛れもない事実であった。

だから。誰も、純子の語るそれが眉唾《まゆつば》だと言って笑い飛ばすこともできなかった。

何しろ、三原一族は『半神半人』と言われる家系であるので。『神』の名の下《もと》に、闇から闇へと葬《ほうむ》られてきた醜悪《しゅうあく》な出来事が、過去、一度もなかったとは言えない。皆が揃ってそう思えるくらいには、彼らも『大人』だったのだ。

ただ。剛志は、それをきっぱり否定こそしなかったが、

「それって違うよ、純子さん。裏本家の娘が『荒神さま』に捧げられたっていう話……。ホントはあれ、娘は、ただのカムフラージュだったんだよ」

やんわりと訂正《ていせい》を入れた。

「カムフラージュ？」

「そう。世間の目をごまかすためのね」

「そんなはず、ないわ。だって、何代か前までは、本当に、人柱とか神隠しがあったって、聞いたもの」

ムキになって言い募《つの》る純子に、内心、洸一はヒヤリとする。

神隠し……。

その言葉が孕む毒に、皮膚《ひふ》の皮一枚下で、何かがゾロリと蠢《うごめ》いたような気がして。

「だから。ホントは、娘が乗る輿《こし》の担《かつ》ぎ手《て》だった男の方が《貢《みつ》ぎ物《もの》》で、娘は、その見返りに『荒神さま』の子種をもらって帰る。そういうふうになってたらしいよ」

「——えッ？　何よ、それ……」

初美の驚愕《きょうがく》は、その場にいる者すべての疑問符《ぎもんふ》の呼び水でもあった。

そうやって。皆の関心を引きつけて、

「直系だの何だの……さんざん持ち上げられたって、宗家の当主以外、男は結局、役立たずの厄介者《やっかいもの》だしね」

剛志はしごくあっさり、その言葉を吐き出した。

「厄介者って――どういう意味だよ」

思わず問い返す拓也の声も、今はくっきり歪《ゆが》んでいた。

「だって。男はどう頑張っても、自分の子どもに『荒神さま』の血は残せないんだから。そういうおいしいトコは全部、直系筋の女だけが持っていくんだよ。『荒神さま』の血統は、そういうシステムで成り立ってるんだってさ」

「それって……つまり、伴性《はんせい》遺伝するってこと？」

剛志は笑う。片頬だけで、シニカルに。

「おもしろいよね。正当な《力》を受け継ぐのは、常に男で。でも、どんなに濃い血であっても、男はそれを次代に残す因子は持たないなんてさ。《力》を得る代わりに、男はそこで『荒神さま』の《血》をブチ切ってしまうんだよ。しかも、その《力》を必要とされるのは十年に一回。それも、たったの一人だけ……。なら――濃すぎる《血》を持て余した直系の男たちは、どうなっちゃったんだろうね」

そう言葉を切って、剛志は一人一人の顔を見据《みす》える。まるで、デキの悪い生徒の解答を待ち望んでいるかのように。

そして。同じ直系の者の口からは、何も答えが得られないと知ると。ゆったり、その目を洸一に向けた。

「ねぇ。コーちゃんは、どうしたと思う？」

そのとき。

なぜか、洸一の脳裏《のうり》にごく自然に浮かんだのは。

限られた土地の栄養分を有効に活用し、強く立派な花を咲かせてたわわな実を付けさせるために、一つの芽だけを残して、あとは等間隔《とうかんかく》でそのほかの芽を間引いていく。そんな光景だった。

そして。

頭に思い描《えが》いたそれが、剛志が語る荒神の《血》のシステムそのものではないか——と気付いて。ギョッとした。

すると。

剛志は。まるで、洸一の想像を正しく読み取ったかのように、ことさらゆったりとした口調で言った。

「そういう男は、後々に禍根《かこん》を残さないように『荒神さま』に捧げて間引いたんだってさ」

とたん。誰かの喉が、グビリと鳴った。

「…な…に？　や…だぁ……。剛志クン……てば、冗談——キツイんだからぁ」

上擦《うわず》って、ひっくり返った裏声の主は——恵子だ。

だが。誰も、それを茶化す者はなかった。

大輔は無言で眦《まなじり》を吊り上げ。

拓也は、ヒクヒクと片頰を痙らせたまま声もない。

そして。洸一は——訳のわからない不安に駆《か》られて、ギリと奥歯を軋《きし》らせた。

羨望《せんぼう》半分、やっかみ半分。歳《とし》を重ねるごとに、女性群がミーハーなノリで嬌声《きょうせい》を張り上げるのとは対照的に、親類筋の男たちからは生っちょろいだけの『若様』などと陰口《かげぐち》を叩かれている剛志の端正なクール・フェイスが、今は——底知れぬモノを感じさせた。

今日。

この日。

この時——を選んで。剛志は、いったい、何をやらかすつもりなのだろうか……と。洸一の不安は、フツフツととぐろを巻いていく。

「だから。『祠詣で』…っていうのは、元々、そういう意味があるんだよ。血の濃すぎる男を荒神さまに捧げて、女が《血》を残す。今じゃ、さすがにそんなこともなくなって、すっかり儀式化しちゃってるけど。世が世なら、今年は——おれたちが間引かれる番だったってことだよ、大輔さん」

しばしの沈黙があった。

暗く、重い——沈黙だった。

「たった一人の宗家のために間引かれる男たちの気持ちって……どんなだろうね。歴代の当主が、その座を降りても生涯慎《しょうがいつつ》ましい暮らしぶりだったのは、自分のために間引かれた男たちへの、せめてもの罪滅《つみほろ》ぼし……だったりするのかな」

それでも。大輔にはまだ、それを足蹴《あしげ》にするだけの気力——いや、意地が残っていた。

「まいったね。おまえが、そこまでどっぷりハマってるたぁ、驚きだぜ。このまま、どっかの新興宗教の教祖さまでもやれそうじゃねーか」

さすがに、伊達《だて》に神童と呼ばれていたわけではないのだろう。

もっとも。その唇は、わずかに痙れてはいたが。

「いっそのこと、来年から六道のババアの代わりに、おまえが、ガキどもに講釈《こうしゃく》を垂れてやれよ。ウケまくるぜぇ、きっと」

取って付けたような嘲笑《ちょうしょう》が白々しく、林床に谺《こだま》する。

けれども。

「だったら——試《ため》してみようよ、大輔さん」

剛志が垂れ流す毒は止まらなかった。

「大婆《おおババ》ちゃんの話が、本当にヨタ話なのか、そうでないのか。今、ここで」

たった一人、クールに、美々とした微笑《びしょう》すら唇に乗せて、剛志が誘惑する。

「あー、でも。『荒神さま』を降ろすには、三原一族の末裔《しそん》であることを証明しなくちゃならないんだよね。それも、混じり気のない、濃い血であればあるほど、最高の貢ぎ物になるんだってさ」

言いながら、剛志は、ポケットから取り出したナイフをちらつかせる。

「俺と大輔さんと、拓也さん。面子《メンツ》だけを揃えるなら、バッチリだよね。もしかして、裏本家のバーちゃんたち、わざわざ十年目の大厄《たいやく》に合わせて、俺たちを選んだのかな」

何をする気なのかと、息を詰めて凝視する彼らの目の前で。これ見よがしに……。

「宗家当主が代替わりする年は、御山《おやま》も、殺気立ってくるらしいよ。だから『霊鎮《たましず》め』の儀式が必要なんだってさ。そのためにも昔は、直系の男たちの血肉でもって『荒神さま』を鎮めてたわけだよね。だったら——おれたちには、その権利があるはずだろ？」

権利？

何の？

だが。それを口に出して問う者はなかった。

それぞれが一様に双眸《そうぼう》を見開いて、剛志の一挙一動を凝視している。強《こわ》ばりついた声を呑んだまま。

「誰から、やる？」

剛志の口から、しごく平然とその言葉が吐き出された。

——とたん。大輔が唇をいびつに捩《ね》じ曲げた。

「ケッ、バカバカしいッ！　ンな、ガキのお遊びなんかに付き合ってられるかよッ」

「……コワイ？」

挑発《ちょうはつ》じみた薄ら笑いを、剛志は隠そうともしない。そうすると。端正な美貌は凄まじく妖艶《ようえん》になった。ある種の毒を孕んで……。

しかし。

それでも。

その妖《あや》しさに易々《やすやす》と取り込まれてしまうには、大輔のプライドは高すぎたのだろう。

「何だとッ！」

殺気を孕んだ怒号《どごう》が、ビリビリ、林床に突き刺さる。

それで、ようやく、両肩に重く伸し掛かったものがズルリと抜けたような錯覚に。洸一は、深々と一息吸うと、剛志の前に立ち塞《ふさ》がるようにして手を突きつけた。

「ナイフ……よこせ」

けれども。剛志は片眉《かたまゆ》も動かさなかった。

そして。洸一の目を見据えたまま、それまでの饒舌《じょうぜつ》ぶりがまるで冗談のような寡黙《かもく》さで、いきなり――ナイフを閃《ひらめ》かせた。

左肘《ひだりひじ》から手首へと。

何のためらいもなく。

まるで、揺らがない、強《こわ》いだけの意志を洸一に見せつけるかのように。

その瞬間。

洸一は。声にならない剛志の叫《さけ》び声を聴いたような錯覚に、全身が総毛立つような気がして
——絶句した。

剛志の腕から滴り落ちる鮮血が、禍々《まがまが》しいほどに真紅《あか》く……洸一の視界を染めていく。

鼻腔《びこう》いっぱいに広がる血臭《けっしゅう》の、思いがけない——芳《かぐわ》しさ。

そのとたん。詰めた息の内側から、ヒクリと、ひとつ大きく鼓動が跳ね上がった。

ポタリ……。

……ポタリ、と。

密約を交《か》わした『荒神』の大地が、剛志の血を吸っていく。

見えない舌で。その馨《かお》りすら、きれいに舐め取っていくかのように……。

# 呼魂《こだま》

そのとき。

深閑《しんかん》とした鎮めの森に、一陣《いちじん》の風が吹き抜けた。

――刹那《せつな》。

長年の風雨に曝《さら》されて、すっかり煤《すす》けてしまった注連縄《しめなわ》が張り巡らされただけの祠《ほこら》に納められた御神体《ごしんたい》が、カタカタと不気味に振動しはじめた。

それは。

やがて、何事もなかったかのようにゆうるりと静まり。

そして。

次の瞬間。いきなり――爆《は》ぜ割れた。

§§§§§§§　§§§§§§§　§§§§§§§

真紅《しんく》の鮮血が、剛志の腕から滴り落ちていた。

連綿と受け継がれてきた、純血の――証《あかし》。

色白な剛志の肌を真っ赤に染めて流れるそれが、洸一の眼球を切り裂くように、ピリピリと刺激する。

熱いのか。

痛い……のか。

えずく、のか。

――滾《たぎ》るのか。

洸一は惑乱《わくらん》する。堰《せき》を切ったように吹き荒れる感情の捨て所が見つからなくて。

訳のわからない動悸《どうき》の激しさに煽られて、産毛《うぶげ》の先までそそけ立つ。

そのまま其処《そこ》に突っ立っていると、何かがゾワリと背骨を這《は》い上がってきそう怖気《おぞけ》すら感じて。洸一は硬直《こうちょく》してしまった足を無理やり、力任せに引き剝がした。

そして。わずかに強ばりついた手で、剛志の横っ面《つら》を撲《は》り飛ばした。

「バカ…ヤローッ。何……考えてんだ、おまえはッ！」

頭の芯まで灼け付くような憤怒《ふんぬ》が孕む、冷たく痺れるような――悪寒《おかん》。

怒鳴り声すら掠れて、鼓動の荒さが剝き出しになる。

しかし。

剛志はグラリともしなかった。

いつもの、洸一だけに見せる柔らかな甘やかさなど、欠片《かけら》もない。ただ、ふてぶてしいばかりの不遜《ふそん》さで、じっと洸一を見下ろしていた。

洸一は知っている。被っていたネコをかなぐり捨てたこの表情こそが、剛志本来の素顔《すがお》なのだと。

目に見えて剛志が変わりはじめたのは、麻宮学園の中等部へ進学した頃だ。

あの頃。さすがの洸一も、いいかげんうんざりしていたのだ。

広いようで狭いのが世間ならば、たんぼの端《はし》から屋根瓦《やねがわら》まで、両本家の威光《いこう》が余すところなく轟き渡っている神住市はもっと狭い。

ましてや。年に一度の帰省ラッシュで爆発的に人口が過密する八月は、どこに石を投げても本家の親類縁者にブチ当たるほどであった。

まだ、何のしがらみにも縛られていない子どもの頃はよかった。帰省のたびに、まるで金魚のフンのように懐《なつ》きまくる剛志は、一人っ子である洸一にとってはまるで本当の弟のように可愛かった。

けれども。長ずるにしたがって、

『好きだから』

『弟みたいに可愛いから』

『大人なんか関係ない』

そんな単純明快な子どもの論理は通用しなくなってしまった。

母親から。遠回しにではあるが、初めて、

「ねぇ、洸一。剛志くんとは、もう遊ばない方がいいと思うわ。あの子は裏本家のお客さんだしね」

そう言われたとき。何の利害も絡まない、真の意味での洸一の少年時代《こども》が終わってしまったのだ。

そして、知った。自分と剛志の間には『格式違い《みぶん》』という、目には見えないが、重くて分厚い壁があるのだと。

だが。洸一がどんなに心を鬼にして邪険にしても、無視を決め込もうとしても。剛志はまったくメゲなかった。

どんなときでも真っ直《ます》ぐに顔を上げて、ストレートに自分の感情を洸一にぶつけてきた。実に、子どもらしい真摯《しんし》さで。

だから。

つい……。洸一もほだされてしまったのだ。

何も、今、この時期でなくても。いつか、剛志も『それ』を知るときがくるのだから。だったら、無理に泣かしてまで突き放すことはないのではないか――と。

それ以後。特別に甘やかしもしないが、ことさら邪険にもしない。それが、剛志に対する洸一のスタンスになった。

けれども。洸一が思っていた以上に、剛志の存在感は際立《きわだ》っていたのだ。

『高村は息子をダシにして、本家のおこぼれを狙っているらしい』

『洸一のような忌神子《いみご》とばかり遊ばせていると、そのうち剛志も神隠しに遭う』

そんな露骨な中傷と根も葉もない噂のとばっちりが次第《しだい》にエスカレートして、両親の肩身までも狭くしてしまうようになると。さすがの洸一も、こたえた。

当時。洸一には、剛志をまるごと受けとめるだけの度量も、その覚悟《かくご》もなかった。

だから。不本意ながら、剛志との付き合いにもそれなりのケジメを付けなければならなかったのだ。

結果として。それはそれで、うまくいったようにも見えた。

裏本家の直系としての自覚もできて、剛志も周囲の目にはそれなりに気を遣うようになったし。洸一にばかり、ベッタリまとわりつくようなこともなくなった。

なのに、である。

今。このときになって、剛志がこんなバカをしでかすとは思いもしなかった。

(…ったく。どアホーがッ)

ことのついでに、もう一発殴《なぐ》りつけたくなるのをグッと奥歯で嚙み殺して。洸一は、手荒《てあら》くリュックの中から酒瓶《さけびん》を取り出した。神酒《みき》の封印は祠で切る習わしだが、今は、そんなことをかまってもいられなかった。

するど。背後から、突然、

「オイ、洸一。こんなとこで、お神酒の口を切っちゃって……いいのかよ？」

掠れた声が絡みついてきた。

さすがの大輔も、動揺が隠せないようだった。まさか、剛志がここまでブッ飛んだことをしでかすとは思ってもみなかったのだろう。

「ちゃんと手順踏まないと、さ。やっぱ……マズイんじゃねーの？」

妙におどおどと、拓也も追従する。

「そう……よ、ね」

「バレると——困るわよ、いろいろ」

洸一はカッとした。

「何、言ってんだよッ。止血すんのが先だろうがッ」

どいつもこいつも、自分のことしか考えてない。そう思うと、

「やっちゃならないショートカットでズカズカ上がってきやがったくせして、今更、何ビビッてんだよ、おまえら。バチ被《かぶ》るときゃ、みんな一緒に決まってんだろうがッ」

振り向きざま、吐き捨てずにはいられなかった。

**罰《バツ》ヲ被ルトキハ、一蓮托生《イチレンタクシヨウ》。**

意図して、それを口にしたわけではない。

しかし。最後の捨て台詞《ぜりふ》がよほどグッサリとこたえたのか。誰もが皆、声を呑んで押し黙ってしまった。

洸一は、思わず舌打ちをする。

（だったら、初めっからゴチャゴチャ文句なんか垂れんじゃねーよ。バカヤローがッ）

封を切った酒を口に含んで、有無《うむ》を言わさず剛志の腕をつかんで引き寄せる。

――と。裂けてパックリ割れた傷の痛みなどまるで感じさせないような静かな口調で、剛志は、

「本家の男の《血》と、清めの《酒》――アイテムはバッチリだな。何が出てくるか……楽しみだよ」

うっすら、口の端を捲り上げた。

（てめー……）

このときばかりは。さすがの洸一も。酒の代わりに傷口に塩を擦《す》り込んでやろうかと、本気で思った。

そんな剛志の頭を殴りつける代わりに、洸一はおもうさま傷口に酒をブチまけた。

瞬間。ヒクリと声を呑んだ剛志の唇がそれと知れるほどに痙れるのを見て、

（…ったく。カッコばっか付けまくってんじゃねーよ。バカがッ）

洸一もようやく溜飲《りゅういん》が下がる思いがした。

剛志の『血』と、この日のために清められた『神酒』とがひとつに混ざり、溶《と》けていく。遠き昔に、『神』と『人』とが密約を交わしたという大地に、ゆったり沁み込むように……。

そのとき。

不意に。

頭上高く、何かが——鳴った。

まるで。束の間の静寂を掻き毟るかのように……。

鳥の鳴き声？

それとも。梢《こずえ》のしなる音——だろうか。

ビクリと鼓動を跳ね上げ、すべての目が天を仰《あお》ぐ。

「なん…だ、風……かよ。脅かしやがって……」

心なしか蒼ざめた吐息を詰めたまま、大輔が低くごちる。

しかし。

サワサワサワサワサワサワサワサワサワサワッ……………。

……………ざわざわざわざわざわざわざわッ。

流れる風は止まらない。

梢を鳴らし。

葉ずれのざわめきを誘い。

そうやって。あちらこちらでクルクルと渦を巻きながら、突然、林床を突き抜けた。あたかも、歓喜《かんき》に打ち震えるかのように。

「きゃッ……」

いきなりの突風に髪を巻き上げられて、恵子が小さな悲鳴を上げる。

「やっだぁ……」

「何よ、これぇ。サイテー……」

初美が。

純子が。

吹きつける風に煽られて顔をしかめながら、わめき出す。

樹木のざわめきは――やまない。

それどころか。林床を縦横に駆け抜ける旋風《つむじかぜ》に呼応するかのように次第に激しさを増しながら、伸し掛《か》かってくる。ねっとりと、重く。悪意の唸りすら孕んで……。

「…ったく。何なんだよぉ、いきなり突風なんて」

毒突く拓也の声が。

「チッ。山の天気は変わりやすいって、か？　冗談じゃねーぞ、ホント。おい、洸一。どうすんだよッ？」

苛立たしげな大輔の怒号が。

更に——異質を掻き立てる。

その、あまりの生々しさに。洸一は蒼ざめたまま、今更のようにその場に立ち竦んだ。

何の変哲《へんてつ》もない樹木の気配が、なぜか、今は醜《みにく》く歪んで視《み》えた。洸一が知る『負』の磁場のどれよりも、それは、凶悪なまでに禍々しかった。

「コーちゃん。どうしたの?」

嘲《あざけ》りには程遠い剛志の囁きが、背中越《ご》しに、ゆうるりと絡みついてくる。

「スゲー鳥肌立ってるけど?」

言われて、初めて。洸一は、自分の身体が不様に震えていることに気付いた。

「——大丈夫?」

「そりゃ……俺の、セリフだろうが」

努めて平静を装《よそお》って、洸一は上目遣《うわめづか》いに剛志を睨み上げる。

だが。喉に絡んだような虚勢《きょせい》は、無惨《むざん》に痙ったたままだった。

(——な……んで?)

今まで。こんなことは、ただの一度もなかった。

山は、いつだって、洸一を心地よく満たしてくれるオアシスだった。

なのに……。

その悪寒《おかん》ともつかぬものが首筋をねっとり舐め上げる嫌悪感に、ふと身じろいだ。

——瞬間。

地鳴りがした。

幻聴《げんちょう》でも、錯覚でもない。

強《こわ》ばりついた足の下から、何か……得体の知れないモノが這い上がってくる。

その——なんとも形容しがたい怖《お》じ気《け》に、洸一は半ば無意識に、剛志の腕をきつく握り締めた。

「なん…か——来る」

足下を凝視したまま、洸一が掠れたつぶやきを洩《も》らす。

プツプツと肌を這う悪寒に股間までが縮み上がるようで、身体が金縛《かなしば》るどころか、顔面まで痙った。

「来るって……何が？」

耳元で問い返す声の硬さに煽られて、洸一はゴクリと息を呑んだ。

「よく——わかんねぇ……。だけど、ここは……ヤバイ、気がする」

すると。

「じゃあ——やっぱ、大婆《おおババ》ちゃんの話も、まんざら嘘っぱちでもなかったんだな」

妙に落ち着き払った声で、剛志がそう言った。

「……えッ？」

「だから、ご対面――だろ？」

事も無げに吐かれたその言葉に頭の芯を弾かれて。洸一は息を詰めたまま、まじまじと剛志を見やった。

――刹那。

誰のものともわからない痙った悲鳴が、林床に谺した。

§§§§§§　§§§§§§　§§§§§§

同刻。

来たるべき大祭の神璽を前に、いつものように、朝の水垢離《みずごり》を取っていた三原家当主は。不意に、

「――いッ！」

胸を抉られるような痛みを覚えて、思わず、よろめいた。

（……な…んだ？）

とっさに。両手をついて、どうにか我が身を支えたが。その腕も、ガクガクと震えて痙っていた。

身体中の血管が、うねり昂《たか》ぶっている。

その灼熱感《しやくねつかん》に視界すら灼け焦げるような気がして、三原由樹は声にならない悲鳴を上げて我が身を掻き抱《いだ》いた。

§§§§§§§§ §§§§§§§§ §§§§§§§§

そのとき。

洸一は。大地の唸りを聴いたような気がした。

(なん…だ——?)

思わず見開いた視界の端をかすめて、拓也が——いや、拓也の首が翔《と》んだ。まるで、林床を貫き走る旋風の鋭い鎌《かま》で、一瞬にして、その首を掻き切られてしまったかのように。

そのまま宙を翔んで、苔生《こけむ》す林床に転げ落ちた拓也の首は。呆然と双眸を見開いたまま、鮮血を噴《ふ》き上げて倒れ伏す我が身の無惨さには目もくれずに、あらぬ方向を凝視し続ける。いったい、何が起こったのかわからない……とでも言いたげに。

ねっとりと重い静寂の中。

いびつに歪んだ沈黙が——凍りついていた。蒼ざめた唇のわななきごと。

あまりにも現実離《ばな》れした光景に誰もが我が目を疑い、その場で硬直する。

鼓動も。

思考も。

目も足も。

吐息すら……金縛りになったまま。

今の今。

いったい、何が起きたのか……。洸一たちには、何もわからなかった。

──否《いや》。わかりたくもなかった。

今。

ここで。

いったい……。

何が、始まろうとしているのか。

誰も──知らない。

いや。

知らない方が幸せなのだと、さざめく本能がレッド・シグナルの警鐘《けいしょう》を掻き鳴らす。

しかし。

洸一たちは見てしまった。ありふれた日常の中に潜む、非現実的な、それでいてリアルな惨《さん》劇《げき》を。

目に灼き付いた──いや、脳裏《のうり》にくっきりと刻印されてしまったモノは消えない。

両の眼《め》をくり貫《ぬ》いても。

脳味噌《のうみそ》を揺さぶり、掻き回しても。

それは、永劫《えいごう》、消せはしないのだと。身体の内から叫ぶ声がある。

噛み殺しきれずに呑んだ震えの、血を吐く重さ。

足の先まで冷たく痺れていく身体の、どうしようもない——昏《くら》さ。

そんな異質に耐え兼ねて、純子が。

恵子が。

そして、初美が。

強ばりついた口をこじ開け、喉を切り裂くような悲鳴を上げた。

——とたん。

頭上を覆《おお》った緑の壁が牙を剝いて、ズシリと重く、目の前にある現実を情け容赦なく切り裂いた。

# 怪《かい》異《い》

妙見山の麓《ふもと》。

錯綜《さくそう》する広大な深緑に抱かれた三原宗家。

その豪奢な奥屋敷の垢離場《こりば》で、三原由樹は、まるで金縛りにでもあったかのように身体を痙らせたまま、激痛に耐えていた。

キリキリと内臓を搾《しぼ》り上げられるような収斂《しゅうれん》に背骨が軋んで悲鳴を上げる。

眼底をもツプップと突き刺すような熱い痛みは、いまだかつて経験したことがなかった。

奥歯を軋らせ。

脂汗《あぶらあせ》を垂れ流し。

血を吐くような吐息の荒さに、痙った喉も灼き切れるかのようであった。

それでも。

由樹は、蒼ざめた唇で必死の念誦を刻む。唯一、それだけが正気を保つ方法なのだと、知り過ぎるほどに知っていたからだ。

この十年。三原宗家の当主として由樹がやってきたのは、朝な夕な、決まった時間に水垢離を掻いて潔斎《けっさい》をし。結界の注連縄《しめなわ》を張り巡らせた裏堂に籠《こ》もって一心不乱に真言を唱えることであった。

その行を、一日たりとも欠かしたことはない。

それは。当主としての当然の義務であるというよりはむしろ、己《おのれ》の血肉を枷《かせ》として封じ込めた『荒神』を永劫《えいごう》呪縛し続けるための修錬《しゅうれん》に近い。

子どもの頃。半ば強制的に刷り込まれた真言念誦の真意が、ここにあった。

歴代の宗家当主は、そうやって、我が身に『荒神』を封じてきたのだ。

それが直系男子の宿業なのだと由樹が知ったのは、何もかもがすっかり終わってしまってからであったが。

その憤激に地団太踏んで泣きわめいても、もう……何処《どこ》にも逃げ場はない。『荒神』という人外の魔は、すでに、自分の中に封印されてしまったのだから。

こういうのを、事後承諾《しょうだく》の極《きわ》みと言うのだろう。

もっとも。そうでもなければ、誰も、宗家当主になりたいなどとは思わないだろうが。

由樹自身は、喉から手が出るほどに当主の座を欲《ほっ》したわけではなかった。

大学を出てやりたいことは、ほかにあったし。だから、直系筋の義務として、毎年の大祭に欠かさず参加することにはなんら異存はなかったが。どうしても宗家の当主になりたいという野望も、欲もなかった。

そして、十年目の大厄《たいやく》の夏。

宗家当主の代替わりの神璽が近付くにつれ、周囲の雰囲気が目に見えて殺気立ってくるのも、半ば、どこか他人事《ひとごと》のようにも感じていたのだった。

そんな由樹のマイペースぶりに、周囲の者たちは好き勝手に噂しあったが。建築デザイナーを目指して、自らの夢へ一歩一歩、だが着実に歩みはじめていた由樹は、他人に何を言われても別段気にもならなかった。

だから。当主候補の五人の中の一人に選ばれたと両親から連絡を受けたときも、喜びよりは困惑が先に立った。

自分には生涯をかけてやりたい仕事《こと》がある。それは由樹にとって、誰にも譲れない想いだったのだ。

当主の座には、何の興味も関心もない。

だが。それを表立って口にすることは、さすがに憚られた。

どういう基準で自分が候補に選ばれたのかは、わからないが。当主候補がほかに四人もいるのなら、自分一人が欠けても、別に何の差し障《さわ》りもないだろう。

当主になりたい奴が、なればいい。

そこまで暴言を吐く気はなかったが。当主の座に何の執着もない自分より、そういう意気込みがある奴の方が向いているのは間違いのないことで。ならば、自分が本家に直接出向いて、慎《つつし》んで辞退する由《よし》を申し出ればそれで済むことだと。由樹は、そんなふうに、気楽に考えてもいた。

しかし。

本家から呼び出しを受けた、その日。由樹は、自分の考えの甘さを痛感させられた。

辞退も何も、当主候補に選ばれた時点で、端《はな》から『否』と言うことは許されなかったのだ。

そして。当主にふさわしい『徳』を得るためという名目で、他《ほか》の四人の候補者とともに、半ば強制的に修行を課せられたとき。由樹は、代替わりの儀《ぎ》には個人の意志などきっぱり黙殺《もくさつ》されることを思い知らされたのだった。

『徳』を積むための行は、一日がとてつもなくハードであった。

毎日。朝の五時には修行に入れるように起床《きしょう》して、身仕度《みじたく》を整えておかなければならない。

それから、垢離《ごり》を掻いて禊《みそぎ》をし。真言念誦の行に入る。

そのとき。行の妨《さまた》げになるというので、毎回、尿意《にょうい》を抑制《よくせい》する念誦豆という丸薬を口に含まされるのだが。嚙んではならないと言われたその丸薬はとてつもなく苦く、唾液《だえき》と混じると、猛烈な吐き気が込み上げてくるほどであった。

初日。五人が五人とも、我慢できずにゲロを吐き。その罰として、素《す》っ裸《ぱだか》のまま、足の感覚がなくなるまで裏堂の中庭に正座させられた。

もちろん。尿意をもよおしてもトイレに行かせてもらえるはずもなく、屈辱と羞恥の涙にくれての垂れ流しである。

せめてもの慰《なぐさ》めと言えば。皆が揃って失禁してしまったことで、自分一人だけが恥をかかなくて済んだ。ただそれだけ——だった。

翌日。込み上げる吐き気に蒼ざめた顔を痙らせながらも、誰一人として丸薬を吐き出す愚行《ぐこう》をおかす者がなかったのは、むしろ、当然の結果であったろう。

そして。その苦行が終わると。それこそ、頭の中が真っ白になるまでひたすらエンドレスで、休みなく念誦を詠唱《えいしょう》させられるのだ。

喉の渇きに声が掠れ、舌がもつれて唇も痺れる。まさに、地獄の特訓であった。

集中力と精神力。

そうやって、大祭の御詠歌《ごえいか》詠唱とはまったく別の、念誦独特の呼吸法を会得《えとく》するわけだが。リアルタイムでそれを課せられているときには、もう、何がなんだかわからない。頭の芯までクラクラの酸欠状態だったりするのだ。

その間。結跏趺坐《けっかふざ》した体軀《たいく》がわずかでもグラつこうものなら、情け容赦なく腰を打たれた。山に籠もって足腰を鍛《きた》え、滝に打たれて穢《けが》れを祓《はら》う。そんな、見た目の荒行《あらぎょう》とは程遠かったが。それでも、神経を磨《す》り減らすハードな苦行であることに間違いはなかった。

そんな中。

いつのまにか。五人いた候補が一人減り、二人減り……。ふと気付いたときには、由樹一人になった。

予定された行をすべてこなしていった者から、次のステップに上がると聞かされていた由樹は。いつまでたっても終わらない修行に、やはり、自分はその資質がなかったのだと思い込んだ。

だったら、もういいだろう……と。

言われたことは、由樹なりにキッチリとこなした。――つもりだった。それでダメなら、いつまでもダラダラと続けていても意味はないし。もう終わりにしてほしかった。

けれども。そうではなかった。

一番最後まで残った自分が、次代の当主であると聞かされたとき。由樹は、思わず我が耳を疑った。

ましてや。両本家の重鎮《じゅうちん》とも言うべき者たちの厳しい視線に曝されながら、『神託《しんたく》』と呼ぶにはあまりに屈辱的な――朦朧《もうろう》とした意識の中ですら吐き気をもよおす行為で当主に据《す》えられてしまった以上、由樹にはもう、戻る道はなかった。

咳《しわぶき》ひとつ落ちない張り詰めた沈黙の中での――誓約《せいやく》の契《ちぎ》り。

先代当主との固めの盃《さかずき》を交わすというには、どこか異質な。しっかり顎を固定された口からドロリとした濃厚な血の酒をたらふく注ぎ込まれて、喉も胃も灼けついた。

その直後の、悪寒《おかん》とも痺《しび》れともつかぬ――異様な灼熱感《しゃくねつかん》。

その、ゾッと鳥肌立つような感触《かんしょく》に毛穴という毛穴が開き。やがて、頭の芯がズンと冷たく痺れるように重くなった。

意識はあるのに、なぜか、身体の自由が利《き》かない。

そのまま、ズルズルとその場に由樹が頽《くずお》ちると。それを待ち構えていたように、すべての行を取り仕切っていた屈強な男たちの手によって由樹は、身に着けていた物をすべて剝ぎ取られた。

衆人環視《かんし》の中。自分でも視《み》たことのない身体の最奥まで剝き出しにされて、暴《あば》かれる——屈辱。

重く痺れた頭の芯までグラグラ煮え立つような恥辱《ちじょく》は、男たちの指で強制的に射精させられることで倍増しになり。その息も整わぬうちに後蕾をこじ開けられて、由樹は声にならない罵《ば》声《せい》まじりの悲鳴を放った。

そして。何かを塗《ぬ》り込まれるように指で拡張され、襞《ひだ》の一つ一つが伸《の》び切るほどに淫靡《いんび》な音を立ててそこが綻《ほころ》びてくると。由樹は、たまらず二度目の射精を迎《むか》えた。

身体の自由が利かないのとは裏腹に、内部の粘膜《ねんまく》を通してもたらされる感覚は、より鋭敏《えいびん》になった。その事実に、由樹は、脇腹が痙れるような怖気《おぞけ》を感じた。

更には。タマを容赦なくしごき上げられて、最後の一滴まで精液を搾り取られると。ヒリつく悲鳴も、露《あらわ》な拒絶も完璧《かんぺき》無視して、先代の当主に深々と尻を犯《おか》されたのだった。

それだけなら、ただの陵辱だった。

しかし。

その屈辱に涙しながら、由樹は恐怖した。ひとつに繋がったそこいっぱいに、何か得体の知れないものが溢《あふ》れ、流れ、喰らいついてくる、そのおぞましい感触に。

そうして、知った。自分が、新たな血肉の枷《かせ》として『魔』を封じるための生き餌《え》になったことを。

『荒神』と呼ばれる、それが。『異形の神』なのか、それとも『人外の魔』であるのか……。

それは由樹にもわからない。

ただ。由樹は。ときおり、禍々しいほどの凶気に駆《か》られることがあった。

動物でもいい。

人間でも、かまわない。

**ソノ肉ヲ、手デ引キ裂《サ》キ。**

**ソノ骨ヲ——ブチ切ッテ。**

**シブク血ヲ、オモウサマ啜《スス》リタイイッ！**

そんな、どうしようもないほどに凶暴で昏《くら》い狂気に。

おそらく、三原一族の開祖は、我が血と肉を供物《くもつ》として、その身に『荒神』を封じたのであろう。

　これは、永劫、外に出してはならない。

　そう、出してはならないのだ。

　それだけが紛《まが》うことなき真実なのだと、由樹は知る。

　当主は十年を限りとする。

　それは、生身の枷では、それ以上もたないということである。

　歴代の当主がそうであったように、由樹もまた、我が身の衰《おとろ》えを自覚せずにはいられなかった。

　由樹は二十五歳のときに、第十九代当主――三原由樹になった。

　当主としての十年間は、『荒神』との、目には見えない、いわば己の精神力との戦いであった。

　そして、今夏。

　次期当主の選択日《せんたくび》を間近に控えた、今。

　この瞬間。

　思いがけない災厄が由樹の喉笛《のどぶえ》を掻き切ろうとしていた。

# 逢魔《おうま》ヶ《が》刻《とき》

そのとき。

洸一は。

こぼれ落ちんばかりに大きく双眸《そうぼう》を見開いたまま、ただ呆然と見ていた。奇声《きせい》の雄叫《おたけ》びを上げて歪む、緑の壁を。

ブレて軋む大地の鳴動は、まるで、歓喜《かんき》の勝《か》ち鬨《どき》のごとく。

林床を狂ったように突風《とっぷう》が吹き抜けるたび、大気が擦《こす》れて熱をもった。

(——な…に?……)

チリチリと肌が灼け焦《こ》げるような、不快感。

妙見山を覆《おお》う不穏《ふおん》なベールが次々と雪崩《なだ》れ落ちていく。

(な……ん……なん、だ?)

ささくれた感覚だけが剝き出しになっていくかのような——異質。

それは。

まるで……。

擦《す》り切れた理性と煮え立つような感情がせめぎあって、そこに恐怖という奈落《ならく》がポッカリと口を開けているかのようだった。
目に映る光景を、自衛本能が拒絶する。

**コレハ、悪夢ダッ。**

視界が歪んで痙れる。
開ききった瞳孔《どうこう》さえもが、キシキシと軋むようで。眼球が——痛い。
掌《てのひら》に。
——額に。
——脇腹に。
じっとりと、脂汗《あぶらあせ》が滲む。
ゾクゾクとした悪寒に、背筋が——凍る。
そのヒリつくような冷たさが、束の間、洸一を現実に引き戻す。
白昼夢でも、何でもない。この感覚こそが、紛れもない真実なのだと。
「——出……よう……」
摑《つか》んだ腕を強く引いて、剛志を促《うなが》す。

ココハ——だめダ。

ヤバイッ……。

ココニイテハ、イケナイッ。

理屈《りくつ》ではない。

迫《せ》り上がる悪寒と込み上げる吐き気に、洸一の声も掠れて裏返る。

だが。

「ダメだよ、コーちゃん。そんなの——許さない」

剛志の、思ってもみないその口調の低さに、洸一は絶句する。

「おれたちには、知る権利がある。……そうだろ？」

(知る——権利？)

「今年は、おれたちの番なんだから」

ひんやりとした口調にこもる、確固たる——意志。

「だったら。おれたちには、見届ける義務があるんだよ」

(見届ける……義務？)

——何をッ？

けれども。今ここで、それを問うのは——怖かった。

「な…に、寝惚《ねぼ》けてんだ、おまえッ！」

見慣れたはずの剛志のクール・フェイスが、いきなり見知らぬ他人のそれと掏《す》り替《か》わったような錯覚に、洸一は思わず声を荒らげて後ずさる。

なのに。

「逃げるなんて——許さない」

鋼《はがね》の意志を込めた声音が、洸一を金縛りにする。

「おれたちは一蓮托生《いちれんたくしょう》なんだよ。コーちゃん」

冷然とした口調とは裏腹に、昏い狂気に満ちた剛志の眼差《まなざ》しがねっとりと洸一の首筋を舐め上げる。隠し持った牙を剝き出しにして。

そして。

「誰にも——ジャマなんか、させないッ」

圧《お》し殺した最後の言葉が、おもうさま洸一の横っ面《つら》を撲り飛ばした。

——瞬間。

不意に。

大気が圧搾《あっさく》されたような音が洸一の耳元で弾けた。

とたん。

洸一は。背中が灼けつくような凄まじい一撃《いちげき》をくらって昏倒《こんとう》した。

「コーちゃんッ！」
剛志の絶叫にすがりつく余裕も、驚愕の悲鳴を上げる間もなく。その場でバッタリと。
それが、次なる惨劇の幕開けでもあるかのように。
大気が。
——大地が。
——樹木が。
一斉《いっせい》に牙を剝いた。

§§§§§§　§§§§§§　§§§§§§

シュルシュルシュル………。
不気味な擦過音《さつかおん》を立てながら、まるで蛇《へび》のように大地を這い回る蔓《つる》が。
そのとき。
ユラリ——と、頭をもたげた。哀れな獲物《えもの》に狙いを定めるかのように。
夢——？
……錯覚？
現実ではありえない、リアルな妄想……？
今、ここで。

自分の目の前で。
いったい、何が起こっているのか——わからない。
なのに。
なぜか……。
目を逸《そ》らせない。

**いやヨ。**
**——嘘《うそ》ヨッ。**
**——まやかしヨォォッ!**

しかし。
尖《とが》りきった恐怖が。
激しく昂《たか》ぶる鼓動が。
背筋を舐め尽くす悪寒が。
日常の中の非日常をより鮮明に際立たせる。
鎌首《かまくび》をもたげた蔓が、ぬらり——とくねった。
その動きに煽られるようにぎこちなく尻でいざりながら、

「い、やぁ〜〜〜〜〜〜〜〜〜ッ、来ないでぇ〜〜〜〜〜〜〜〜〜〜〜〜〜〜〜〜〜ッ」

初美は、蒼白《そうはく》な悲鳴を上げた。

§§§§§§§§　§§§§§§§　§§§§§§§

くったりと垂れた手に。

奇妙に捻《ね》じれた足に。

首にも。

腰にも。

身体中余すところなく、ヌメヌメとした触手《しょくしゅ》のような蔓を幾重《いくえ》にも絡みつかせたまま。ズルズルと恵子が引き摺られていく。

痙り歪んだ唇からは、もはや。絶叫も、嗚咽《おえつ》も……洩れない。

異様なほど大きく見開かれた双眸には、受け入れがたい理不尽《りふじん》な運命と、それに勝る恐怖がこびりついている。

**ナゼ？**

**ドウシテ？**

**アタシガ——コンナ目ニアワナクチャナラナイノ？**

パックリと爆《は》ぜ割れた腹から食《は》み出した内臓を、ダラダラと引き摺《ず》りながら。

喉に食い込む蔓を必死に掻き毟る形相の凄まじさだけを取り残して。

恵子が——消えていく。敵意を剝き出しにした、大地の底へ。

§§§§§§§§　§§§§§§§§　§§§§§§§§

「大ちゃん」

「大ちゃんッ」

「大ちゃんッ！」

狂ったように大輔の名前を連呼して、純子はひたすら走る。ガクガクと崩れそうになる足を必死に引き摺りながら。

心臓が破裂《はれつ》しそうで、苦しいッ。

足が痙って——痛いッ。

息が——できないッ。

それでも。純子はジタバタと足掻《あが》き続けた。

少しでも、前へ。

一歩でも、遠くへッ。

だが……。

目の前にあった大輔の背中は、みるみるうちに遠くなる。

(イヤ、よ)

「待って……」

(イヤぁぁぁッ!)

「待って、よ〰〰〰〰〰〰〰〰〰〰ォ」

(お願いだから、あたしをッ)

「置いてかないでぇぇぇぇ〰〰〰〰〰〰ッ!」

悲鳴じみた絶叫が純子の口を裂く。

瞬間。

頭上の梢が大気を灼いて、鋭くしなった。

上から、真下へ。

それは。

純子の頭を、いとも容易《やす》く叩き割って。血飛沫《ちしぶき》もろとも、そのままぐっさりと大地に突き刺さった。

§§§§§§　§§§§§§　§§§§§§

禍々しき緑の壁の中を突き抜けるように、大輔はただ、無我夢中《むが》で走り続けていた。

緩斜面《かんしゃめん》をショート・カットしただけでダレた足が、まるで嘘のような激走ぶりだった。

大輔の肩が。

――胸が。

足が。

大きく、激しく、波打っている。


**ナンダ？**

**ナンダッ。**

**アレハ、イッタイ、ナンナンダァァァァァッ！**


胸板《むないた》を突き破らんばかりに膨らんだ鼓動は、火を噴《ふ》くように熱い。

それでも。

何かに取り憑かれたように加速する足は止まらなかった。

大きく切れ上がった眦には、つい先ほどまで、大輔を大輔たらしめていた不遜な傲慢さなどは――欠片もない。

蒼ざめて痙った唇には、得体の知れない怖《お》じ気《け》がこびりついている。

聴こえるのは、迫《せま》り来る恐怖の足音だけ。
錯綜《さくそう》する樹木の間を。
まだ、誰も踏みしめたこともない林床を。
蹴散らして。
突っかけて。
大輔は、闇雲に走り抜ける。
どこにあるか……わからない。
もしかしたら、そんなものはどこにもないのかもしれない。
そんな、悪夢の出口だけをひたすら追い求めて……。
そのとき。
不意に、風が唸った。
まるで、切迫する大輔の恐怖を具現するかのように。
それは。
林床を駆け抜ける獣《けだもの》の咆哮《ほうこう》とも、樹木を薙《な》ぎ倒《たお》す爆風《ばくふう》の衝撃音《しょうげきおん》ともつかぬ波動だった。
キシキシと、大気が軋む。
あたかも、死神が見えざる大鎌《おおかま》を振り上げるかのように。
そして。

その衝撃波は、一瞬のうちに大輔の足を薙ぎ払《はら》い。そのまま、大きく円を描くように樹木の幹をかすめてはるか上空へと掻き消えた。

大輔は——走っていた。

切り離《はな》された上体がゆらりと傾《かし》ぎ、どったりと大地に倒れ伏しても。

飛沫《しぶ》く血潮があたりを真っ赤に染めても。

荒々しく昂《たか》ぶる鼓動が事切れても。

それでも。

大輔は走っていた。終わらない悪夢の中を……。

§§§§§§§　§§§§§§§　§§§§§§§

長年に亘《わた》り、三原宗家の執事《しつじ》を務めてきた正木勇《まさきいさむ》は。先ほどから何度も腕時計を見やっては、そのたびに眉間《みけん》の縦皺《たてじわ》を深めていた。

荒神大祭《あらがみたいさい》の神璽を間近に控え、表も裏も、本家は目の廻《まわ》る忙しさだ。

しかも。

今日は。

その露払《つゆはら》いとも言うべき『霊鎮《たましず》め』の祠詣でがすでに始まっている。

もうじき……。たぶん、あと小一時間もすれば、山に入った者たちもすべての儀式を終えて戻ってくるに違いない。

なのに。

当主である由樹は朝の水垢離《みずごり》から、いまだに戻ってこない。

(今年は、節目の十年目。いつもより念入りに禊をしたいという気持ちもわかるが……。それにしても、遅すぎる)

とうとう痺れを切らして、正木は、裏堂にある垢離場へと足を運んだ。

しかし。

そこで、正木が見たものは。冷えきった身体を痙らせて呻《うめ》く、由樹の姿だった。

一瞬。

正木は我が目を疑い、絶句する。

——が。次の瞬間には、血相を変えて走り出していた。

「由樹さまッ!」

抱き起こした由樹の身体は、どこもかしこもガチガチに強ばっていた。

それよりもなお、正木を驚愕させたのは。尋常《じんじょう》ではない由樹の、苦悶《くもん》の凄まじさだった。

こんなことは、いまだかつて一度もなかった。

由樹が当主になりたての頃。己の血肉に喰《く》らいついた『荒神』を宥《なだ》めすかせるための呼吸が合わず、七転八倒《しちてんばっとう》の脂汗《あぶらあせ》を垂れ流したことはあっても、失神しかけるほどではなかった。

しかも。今の由樹は、十年前の初心者ではない。

心魂《しんこん》を込めた修錬《しゅうれん》は、それなりの、並外れた精神力を培《つちか》ってきたはずなのだ。

(それが、なぜッ!)

二百年目の代替わりを目前に控えて、その、あまりにも不吉《ふきつ》な予感に、正木は全身から血の気が失せていくのを感じた。

# 荒御霊《あらみたま》

剛志は蒼白《そうはく》な顔を痙らせて、身じろぎもせず、ただ立ち竦んでいた。どこか、歪《ゆが》んだ熱を双眸に孕んだまま……。

ありふれた日常の中に、こんな非現実的な真実が隠れ潜んでいたとは——まったく予想もしていなかった。

——などと。今更、うそぶくつもりはなかったが。

それでも。

産毛の先まで総毛立つ衝撃は止まらなかった。

**コレハ、てれびげーむジャナイ。**

**スベテガ終ワッテモ、りせっとデキルワケジャナイ。**

つい先ほどまで、確かにあった日常は……いっそ見事に崩壊《ほうかい》してしまった。何もかもが、理《り》不尽《ふじん》な蛮行《ばんこう》に引き千切られて。

我が身に宿る、忌《い》ま忌ましいほどに爛れた血……。その『誓約の血』が呼び出したモノは、剛志の予想をはるかに超《こ》えた人外の『魔』であった。
血族の開祖――つまりは、妙見山開闢《かいびゃく》以来、霊験《れいげん》あらたかな『荒神様』と崇《あが》め奉《たてまつ》られてきたそれの。情け容赦もない、ただただ、ひたすら禍々しいだけの――凶行。

**オマエガ望ンデイタノハ、これ――ナノカ？**


肉を裂き。

骨を断ち。

世が世ならば、供物として捧げられるべき直系者の血をおもうさまブチまけて。それは、満足げに地鳴る。まるで……餓えた肉食獣《にくしょくじゅう》がようやく空腹感を満たされて、気持ち良さそうにグルグルと喉を鳴らしているかのように。

もしも。

もしも……これが。本当に。異形の『神』との、正しき誓約の証だというのなら。自分は、取り返しのつかない悪行《まちがい》をしでかしてしまったのではないか。

その思いが冷え冷えとした悪寒となって、いまだ眼前の衝撃から醒《さ》めやらぬ剛志の脳裏《のうり》をゾロリと舐め上げる。

反面。

魑魅魍魎《ちみもうりよう》が跋扈《ばつこ》した時代は、はるかに遠く。原始《しん》の闇の恐怖など、人々の記憶からも消え失せて久しい現代において、我が目でそれをしっかりと確かめられただけ、自分は幸運なのかもしれない――と。剛志は、痙った唇の端をうっすら歪めた。

もしかしたら、それは。現実逃避《とうひ》の、ただのこじつけ……だったかもしれないが。

けれども。

剛志は。

ずっと、待ち望んでいたのだ。この日を……。

チャンスは、どこにでも転がっているものではない。ただ指をくわえて待っているだけでは何もつかめないのだと知った、あの日から。ずっと……。

守りたい『モノ』があった。

どうしても、譲れない『者』があった。

だから。手に入れたい『物』があった。

しかし。力ずくでそれを奪い取るには、リスクが大きすぎた。

それでも。剛志は、それを手繰《たぐ》り寄せる努力だけは怠《おこた》らなかった。

大祭の神璽が執り行なわれる直前の『霊鎮め』の儀式。

だが。

それは。

当主が代替わりをする十年目の『祠詣で』でなくては意味がない。

十七歳の今夏。その『神子《みこ》』役に自分が選ばれると知ったとき、これが最初で最後の、唯一のチャンスだと思った。

これを逃すと、次は十年後だ。

もう、そんなには待てない。いや——待たない。

剛志には、迷っている時間すらもが惜しかった。

その意味では。少女に還《かえ》った六道家の大婆《おおババ》の話し相手も、決してムダではなかったのだ。門外不出と言われた裏本家の蔵への出入りすら、剛志には許されたのだから。

半神半人の《血》の証。

それゆえに。たとえ直系であっても、たった一人の宗家当主を除いて男は冷遇《れいぐう》される。『荒神の血』を次代へ残すための因子を持たない——ただ、それだけの理由で。

その無念と失望を自分の都合のいいように捩《ね》じ曲げ、八つ当たりの鬱憤《うっぷん》まじりに、実の妹を犯《おか》すことで晴らそうとした——外道《げどう》。

そんなエゴ丸出しの極悪人《あに》を、盲目的《もうもく》に愛した——バカな女。

それとも。妹が兄を誑《たぶら》かしたのか。

兄が妹を貶《おとし》めたのか。

今となっては、そんなことはどうでもよかった。それが頭の隅《すみ》をかすめるのも、ただ忌まわしいだけで。

「剛志。あなたはきっと、宗家の当主になれるわ。あなたには、誰よりもその資格があるんだから」

剛志は、ずっと、子守代《こもり》わりのようにそれを聴かされて育った。『純血』の証が何たるかも知らず……。

六道の大婆は言った。

「より強い力を求めるために、より濃い血を残す。それが、裏本家の女子《おなご》の務めなんじゃよ」

――と。

本城の父は、あってはならない妻と義兄《あに》の爛れた関係を知って剛志を忌むようになった。

我が子だと信じて疑わなかった剛志が、実は、兄妹相姦《きょうだいそうかん》の果ての穢《けが》らわしい鬼子《おにご》だと知ったときの父の衝撃《しょうげき》は、いかばかりであったろう。

産まれてきたこと自体が、罪悪。

母が過干渉《かかんしょう》とも思える歪んだ愛情を注ぐのとは対照的に、父が剛志を見る目には露骨な嫌悪がこもっていた。

それでも。

剛志は、そんな父を恨む気にはならなかった。母性愛という穢れた鎖《くさり》で剛志のすべてを縛り付けようとする母に比べれば、はるかにマシだったからだ。

より濃い《血》を次代へ繋ぐために、禁忌《きんき》を犯す男と女。

『霊鎮《たましず》め』の前夜。『荒神』に捧げられて間引かれる宿業を背負った男たちは、神璽の神子役に選ばれた裏本家の娘たちと淫蕩《いんとう》な夜を過ごしたのだという。

『荒神』の子種をもらう――とは、そういうことなのだった。

そうやって、血族の『純血』は繰り返されてきたのだろう。どこか昏《くら》く歪んだ現実を今に引き摺《ず》りながら……。

林床に倒れ伏した洸一は、ピクリともしない。

右の肩口から左の腰《こし》まで……。無惨に引き裂かれた背中から滴る鮮血が、無情に大地を染めていく。

剛志はギリギリと奥歯を軋らせながら、その片頰に凄絶《せいぜつ》なまでの笑みを刷いた。

極悪非道の外道の血を引く自分には、人外の『魔』こそ相応《ふさわ》しい。

(今更……じゃないか)

他人から譲られる当主の座など、何の興味も関心もなかった。

求めていたのは強さではなく、力だ。

どんなときでも。

誰にも。

何にも、左右されない真の『力』だ。

だからといって。それを手中にできれば誰よりも強くなれるし、幸福にもなれる。

そんなことは、考えたこともなかった。

剛志はただ、すべてを——自分を生み出して呪縛し続ける血の檻《おり》をブチ壊《こわ》してしまいたかったのだ。

そのための『力』が欲しかったのだ。

父が忌《い》み嫌《きら》い、母が執着する——赤く爛れた血の穢れ。

その《血》が、まだ、本当に誓約の証を持っているのなら。自分にも、それを交わす権利があるはずだ。そう、思った。

ポケットに、そっと忍ばせた護符《ごふ》。それが、ただの気休めでしかないのだと知りつつ、剛志はゆったり握り締める。

そうして。すべての雑念を振り捨てて、低いがよく通るトーンで真言を唱えはじめた。

渇望《かつぼう》する『力』を具現する——奇跡《きせき》。

それを見届けるためになら、何も惜しくはなかった。命——さえ。

いや。唯一の希望であった洸一の命すら犠牲にしてしまった、今。剛志には、生きることになんの未練もなくなってしまった。

§§§§§§§§　§§§§§§§§　§§§§§§§§

正木に抱きかかえられるようにして、裏堂の垢離場《こりば》から本堂の斎戒処《さいかいしょ》へと移された三原由樹は。己の血肉に喰《く》らいついた『荒神』が、いつになく、凶暴なほどに荒れ狂っているのを感じていた。

もはや。真言念誦でも、結界を張り巡らせた斎戒処の霊気《れいき》でも抑《おさ》えきれないほどの凶気が爆《ばく》裂《れつ》しそうな気がして、由樹は必死に耐える。ツプツプと鳥肌立つ恐怖に喰い殺されないように、神経を磨《す》り減らしながら。

いつもの、あのケダモノじみた発作《ほっさ》の前触《まえぶ》れ——ではない。

それだけで、由樹は確信する。妙見山で、今——このとき、何か、予想外の凶事が起こっているのだと。

今朝は早朝から、いつもの慣例通りに直系の男女が『祠詣で』に出向いているはずだ。

(もしか……した、ら……)

彼らの身にも何かが起こっているのではないか。

それを思って真っ先に不安になったのは、その介添え役に付いているはずの洸一のことだった。

(洸一は……無事か?)

だが。それを正木に伝えたくても、激痛に喉が痙って声が出ない。

それが、どうにも悔やまれてならない。

だったら。自分がここで、踏ん張るしかないのだ。

（このまま、俺の……すべてを、くれてやるわけには……いかないッ）

洸一のためにも。

痙り歪む唇を嚙み締め、由樹は、なんとか《気》を溜《た》めようと試みる。

しかし。

そんな由樹のあがきを嘲笑うかのように。こめかみを打ち据える鼓動の荒さが、指の先まで昂《たか》ぶる血の熱さが、それを阻《はば》もうとする。

（洸…一………）

半ば無意識に、由樹は、その名前をギリギリと奥歯で嚙み潰す。それだけが、身体中を苛《さいな》む激痛を紛らせてくれる唯一の支えであるかのように。

ときおり我が身を灼き焦がす、獣化の恐怖。

それは、人外の魔である『荒神』を生身の枷で封じるゆえの歪みなのか。

それとも。『荒神』の毒に冒《おか》されて、原始の本能が人としての理性を喰《く》い潰そうとしているのか。

身体中の血が一度に沸騰《ふっとう》して滾り上がるほどの凶暴な衝動が、由樹をただのケダモノに突き落す。

その、自分ではどうしようもない狂気を鎮めるために。歴代の当主は、常に、蘭麝香《らんじゃこう》という香を嗅《か》ぐ。それには優《すぐ》れた鎮静《ちんせい》作用があって、狂気が暴走するのを宥《なだ》めてくれるからだ。

だが。その蘭麝香には鎮静作用のほかに、媚薬《びやく》としての特性もあって。長年それを嗅ぎ続けていると、その反動《リバウンド》としての性衝動も半端《はんぱ》ではなかった。

念誦と、禊。

その繰り返しである普段の禁欲生活が苦痛だと思ったことは、ただの一度もないが。背骨をねっとりと舐め上げるように狂気がとぐろを巻きはじめると、身体中が疼いて。

女が欲しくて。

欲しくて——狂いそうになる。

毛穴という毛穴から性欲が噴《ふ》き上げてくるかのように、それ以外、何も考えられなくなってしまうのだ。

セックスをしたいのではない。

女の柔肌《やわはだ》を咬んで引き千切り。

穴という穴に己の牡《おす》をブチ込み。

おもうさま突き上げて。

グチャグチャに掻き回して。

奥の奥まで、抉りたいのだ。

犯しても。

——犯しても。

————犯しても。

性欲は一向に衰えない。

熟《う》れた女の秘肉を存分に裂いても。

滴る血を舐め啜っても。

喉を絞《し》め上げて、おもうさま抉っても。

まだ——足りない。

当主が妻帯を許されないのは、この獣化があるからだ。

そのために、裏本家には『神女《しんめ》』と呼ばれる女がいる。獣化した当主に陵辱されるためだけに、育てられた——哀れで淫乱な女たちが。

だが。そういう色情《きょうき》に取り憑かれ、畜生《ちくしょう》にも劣《おと》る痴情《ちじょう》淫乱の限りを尽くしても。白々と夜が明けた朝は、いつもとなんら変わりない日常に舞《ま》い戻《もど》るのだ。

当主になりたての頃には、まさに、自己嫌悪の権化《ごんげ》であった。

陵辱された神女たちがどうなっているのか……。知りたくても、それを聞けば己の人格を全否定されてしまいそうで。恐ろしくて、何も聞けなかった。

それでも。

そうやって畜生道に堕《お》ちた最低の所業も、歴代の当主がすべて通ってきた道だと聞かされると。自分だけが特別の変態ではないのだと知って、わずかに救われたような気分になった。

その凶暴な性欲を、なぜか、洸一だけが癒してくれた。

――とはいえ。事の始まりは、女を犯すよりも手酷《てひど》い強姦からであったが。

そのときのことを、由樹は、今でも鮮明に覚えている。

宗家の当主になって、五年目の夏。

我が身に巣くう『荒神』との相克《そうこく》は、孤独との戦いでもあった。

だが。それも。年ごとに、誰に教わることもなくそれなりの処し方を覚え。

ケダモノじみた性欲の捌《は》け口《ぐち》としてのセックスにも慣らされ。

五年目の神璽も無事に終えて、ホッと洩らすため息にも当主としての自覚と貫禄《かんろく》が滲み出てきた――と。そんなふうに言われた矢先のことだった。

その日。

午後の写経《しゃきょう》を終えて、離《はな》れの自室から出てきた由樹は。ふと、喉の渇きを覚えて、母屋《おもや》の賄《まかな》い所へと続く渡り廊下を歩いていた。

そのとき。

渡り廊下の向こうの庭から、突然、見慣れない少年の顔が由樹の視界に飛び込んできた。

さっぱりとした短髪《たんぱつ》の、いかにも利発そうな目をした少年。

両手にいっぱい野菜の入ったカゴを持っているところを見ると、賄い方へでも使いに来たのだろう。

少年は由樹に気が付くと、一瞬驚いたような顔をしたが。すぐに、キッチリと腰を折った。

けれども、由樹は。ただ啞然《あぜん》と絶句しているのみだった。

なぜなら。

少年を見た瞬間。不意に身体の奥底から突き上げてくる凶暴な衝動に全身総毛立ってしまったからだ。

(——な…んだ?)

まるで訳のわからない当惑《とうわく》ではなく。

(…ッ!——まさ、か)

あまりにも自覚のありすぎるその感覚に、由樹は、その場に立ち竦んだまま顔を痙らせた。

(そんなはずは——ないッ)

それは。驚愕を過ぎた、痛烈《つうれつ》な自己嫌悪であった。

(あれは『女』じゃなくて、ただの少年《ガキ》だ)

男に——しかも、あんな子どもに自分が発情するはずはないッ。

奥歯をギリギリ嚙み締めて、由樹は必死でそれを否定しようとした。でなければ、自分が、とてつもなく淫猥な変態になったような気がして。……いたたまれなかった。

自分が、女を犯すケダモノ——なのは、もう、隠しようがない。

一歩譲《ゆず》って。男に欲情したとしても、驚きはしない。

だが。子どもは、ダメだ。

子どもをセックスの対象にするなんて、そんなのはケダモノよりももっと質《タチ》の悪い、最悪な外道《げどう》だ。

しかし……。

そんな悪足《わるあ》掻《が》きを嘲笑うかのように、微熱《びねつ》の溜まった下肢《かし》をねっとりと突き上げてくるものがあった。

（……ッ！）

由樹は、コクリと生唾を飲み込んだ。

ヤバイッ——と思った。

さすがに。これはマズイと思った。

このままだと、最悪なケダモノが理性を喰《く》い破ってしまいそうで。

だから。

早くッ。

少年には自分の視界の中から消えてほしかった。まだ、自制がきくうちに。

自分は、ここから動けないから。いや——一歩でも動いたら最後、彼にむしゃぶりついてしまいそうな気がして。

そんな由樹の強い顔《こわ》つきに、何を感じたのか。少年はわずかに唇を噛んで、足早に賄い所の方へと消えていった。

——とたん。

ホッと安堵《あんど》のため息が洩れるどころか。張り詰めた糸がパシッと切れるような喪失感《そうしつかん》さえ覚えて。由樹は、クラリと目眩《めまい》を感じた。

まるで、自分ではないもう一人の自分が意識の殻《から》を喰い破って出てくるような、違和感《いわかん》。

ゾワリ——と、脇腹が痙れた。

その瞬間。

**アレガ、欲シイ。**

餓えが、ゾロリ……と鎌首をもたげた。

理屈ではない。

ただ、あの少年が欲しかった。

身体の下に組み敷いて、おもうさま貪るために。

由樹は思わず、舌舐《し》めずりをした。

雌《めす》が雄《おす》を誘う特有のフェロモンに惹《ひ》きつけられるように、由樹はいきなり走り出すと。背後から、少年にむしゃぶりついたのだった。

「ご当主さまッ！」

頭の後ろで、誰かが痙ったような声で叫んでいる。

だが、由樹は。大きく双眸を見開いたまま、まるで金縛りにでもあったかのように自分を凝視している少年——洸一の唇から洩れる吐息の思わぬ芳しさに、目が——眩《くら》んだ。

その吐息の甘さを自分の舌で味わいたくて、洸一の唇をねっとりと舌でなぞる。

それからあとは、もう、無我夢中《むが》だった。

怯《おび》えて逃げる洸一の舌を絡めて、思う存分貪った。神女たる女たちには一度たりとも口付けたことはないというのに、だ。

自分の腕の中から逃げようと、メチャクチャに足掻いても。

泣いても。

わめいても。

由樹には、洸一がそうやって自分を誘っているとしか思えなかった。

ただキスを貪っただけなのに、うっとりするほど気持ちがよかった。あまりにも気持ちがよくて、股間が痛いほど張り詰めた。

キスだけで、こんなにも血が昂《たか》ぶり上がるのだ。

だったら。ズキズキと熱く疼く牡を洸一の中に捻《ね》じ込んで、おもうさま突き上げてやったら……どれほどの快感だろう。それを思うと、硬さを増したそれに更に灼熱《しゃくねつ》の芯が通った。

洸一の肉を咬んで。

洸一の血を舐め。

洸一の双珠をおもうさま揉《も》みしだいた。

搾り上げた精液を、最後の一滴も残さずにしゃぶり尽くし。

硬くしなりきった肉刀で洸一の硬い蕾《つぼみ》を容赦なくこじ開けた。

すると。洸一の喉がきれいに反り返って、うっとりするほどイイ声で哭《な》いた。

洸一のそこは今まで抱いた神女《しんめ》の誰よりも、きつくて。

……狭《せま》くて。

力任せに捻じ込んだモノが食い千切られそうだった。

なのに、その痛みすらもが快感だった。

洸一の中は——熱かった。

深々と突き入れたまま、束の間動きを止めると。その熱が、じわじわと沁みた。

ヒクヒクと痙る内壁《ないへき》を抉り。

じくじくと鮮血の滲んだ粘膜《ねんまく》をなおも擦《こす》り上げて——揺する。

その、目も眩まんばかりの悦楽《えつらく》。

由樹は一晩中、洸一を犯し続けた。洸一がぐったり失神してしまっても、その身体を貪るのをやめられなかった。

洸一が、十六歳のときのことである。

凶暴な衝動がようやく治まり、理性を取り戻したあと。己の所業の凶悪さをまざまざと見せつけられて、死にたくなるほどの後悔《こうかい》が由樹を襲《おそ》った。

それでも。

由樹は。洸一とのセックスの味が忘れられなかった。

そのときのことを思い出すだけで、股間が痛いほど疼いた。

そのたびに、身体の芯が冷え切るほど垢離を掻いても、その熱はいっこうに治まらなかった。

だからといって、その熱を神女で紛《まぎ》らわそうとしても無駄だった。洸一の美肉を貪り尽くす快楽を知ってしまった後では、神女の肉叢《ししむら》など、ただの熟れすぎた腐肉《ふにく》としか思えなかった。

以後。ずっと今日まで、その関係を引き摺《ず》ってきた。

正木も、裏本家も承知の情事であった。

いや——むしろ。宗家の威光《いこう》を盾《たて》に、むりやり洸一を取り込んでしまったといっても過言ではない。

彼らが、どのような手練手管を用いて洸一を言い含めたのかは……知らない。

由樹はただ、どんな卑劣《ひれつ》な手を使っても、洸一を手に入れたかったのだ。

洸一と抱き合ってさえいれば、ケダモノじみた狂気は不思議にそれ以上凶暴化しなかった。

その分、洸一とのセックスは濃厚になるばかりだったが。

そうやって、由樹は洸一を離せなくなったのだ。肉体的にも、精神的にも……。

この八月に入ってからは、一度も逢っていない。神璽を間近に控えた今、その祭祀たる宗家当主という立場上、さすがに、洸一を呼び出すことが憚《はばか》られたからだ。

二週間近く、洸一と抱き合っていない。

この、肉を抉り上げるような痛みが、そのせいでないことはわかっていた。

だが。由樹は、洸一さえ傍《そば》にいてくれたなら、この苦悶《くもん》にも耐《た》えられそうな気がしたのだった。他人が聞けば眉《まゆ》をひそめかねないそのことも、今の由樹にとっては、切羽詰《せっぱつま》った、切実な本音でしかなかった。

（コー…イ、チ……）

嚙み締める吐息の荒さに、想いが籠《こ》もる。

けれども。ギシギシと骨まで軋むような激痛は由樹の四肢《しし》を灼《や》き焦《こ》がすだけで、いっこうに治まる気配はなかった。

# デッドエンド

静かだった。

凶暴な嵐《あらし》が去った後には何一つ残らない。そんな、ヒリヒリと渇《かわ》ききった沈黙だけが、あたり一面を覆《おお》い尽くしているかのように。

拓也の首を無惨に食い千切った風の唸りは止《や》んでいる。

洸一の背を一瞬にして切り裂いた大気の歪みも、今はない。

初美を嬲《なぶ》り殺し。恵子の腹を切り裂いた異質さえ、すっかり影を潜《ひそ》めてしまっている。

先ほどまでの惨劇は、もしかして、ＣＧを駆使《くし》した最新型の体感ゲームの一種なのではないか？——と。思わず息を呑んで、我が目を疑ってしまいたくなるほどに。

大輔の足を斬《き》り付けた死神の鎌《かま》の痕跡《こんせき》もない。

純子の頭を粉々に砕《くだ》いた枝葉のしなりさえも、今はまったく聴こえてはこない。

まるで……。

すべてが凍りついてしまったかのように。何もかもが、不気味な静謐の中にあった。

それでも。

蒼ざめた唇でひたすら真言を刻みながら、剛志は今更のように呻吟《しんぎん》する。逢魔《おうま》の蝕《しょく》に、ただ一人取り残された震駭《しんがい》に。

すでに、戻る道はないのだ。

其処《そこ》に在るのは、我が《血》を餌《えさ》にして無理やりこじ開けてしまった魔導の扉《とびら》だけ。ならば、この先に何が待ち構えていようと、更なる一歩を踏み出すしかない。

おびただしいほどの血臭《けつしゅう》の籠もる大地は不気味に沈黙する。まるで、最後の贄《にえ》を地獄の深淵《しんえん》へと誘《いざな》うかのように。

剛志は。唇の端をうっそりと吊り上げた。

これ以上、失うものは何もない。

そう……。

何もない、のだ。

拓也の首が千切れ翔んだ——いや、ほんの目と鼻の先で洸一が血飛沫《ちしぶき》を上げて頽《くずお》ちた、あの瞬間。剛志の中で、何かが壊れてしまったのかもしれない。

——否《いや》。

そうではない。

剛志が壊れてしまったのは、それよりもずっと——前だ。

去年の冬。九十八歳という高齢で身罷《みまか》った六道家の大婆《おおババ》の話し相手として、ここ数年の夏、何かと裏本家の離れに呼び出されることの多かった剛志は。そこで、見てはならないモノを見てしまった。

それが、剛志の人生を狂わせるそもそもの元凶になった——とは言わない。

しかし。

少なくとも。今日、この日を選んで暴挙に走る一因になるほどの衝撃だったことは、間違いのない事実でもあった。


その日。

いつものように。

大婆に付き随《したが》って、裏本家の蔵に入った剛志は。また、いつものように、所狭《ところせま》しと積み上げられた骨董品《こっとうひん》の由来を懇々《こんこん》と聴かされる羽目になるのかと。内心、さすがにうんざりとしてしまった。

だが。

大婆は、自慢《じまん》の骨董品には見向きもせず、

「どぉれ、今日はタケ坊《ぼう》に、秘密の花園を見せてやろうかのぉ」

いきなりそんなことを言い出して、剛志を驚かせた。

（秘密の——花園？）

薄暗い蔵の中には、埃《ほこり》の浮いた骨董品は山のようにあっても。花の描《か》かれた屏風絵《びょうぶえ》どころか、造花の花弁《はなびら》一枚見ることは叶わない。

(大婆ちゃん……。やっぱ、ボケてんだよなぁ。まぁ、年齢《とし》も年齢《とし》だし？)

今更のように、剛志は小さく嘆息《たんそく》した。

裏本家の当主として、九十歳を過ぎてもかくしゃくとしていた大婆も、寄る年波には勝てないのか。年ごとに記憶の混乱が見られるようになり、今では、離れに隠居《いんきょ》の身であった。

けれども。隠居はしても、足腰も口も、まだまだ達者なものだった。

その大婆が、ことのほか剛志を気に入り。暇《ひま》さえあれば、何かと剛志を引き連れ回すようになったのは。剛志が、幼児期に早死にしてしまったと大婆の弟に似ているからという、しごくたわいのない思い込みからだった。

剛志が本当に、その弟に似ているかどうかは……わからない。何しろ、誰も覚えている者がないくらいの大昔のことなので、確かめようもなかった。

ただ。剛志が帰省の折に顔を見せると、大婆の機嫌も非常に良くなるので。六道家では、剛志の母親を介《かい》して、

「帰省の間だけでも、大婆さまの話し相手になってはもらえないだろうか？」

そんなふうに申し入れてきたのだった。

裏本家当主自ら足を運んでの、直々の頼《たの》み事《ごと》である。

もちろん、剛志の母に『否』はない。剛志の意志も確かめずに、一人で勝手に話を進めてしまった。

母——曰《いわ》く。

「ご当主様からの、直々のお願いなのよ？　断れるはず、ないでしょ？　でも、これで、裏本家に一つ貸しができたも同然よね？」

裏本家がそんな甘ちゃんでないことは、中学生の剛志ですらわかっているというのに。

それを思うと。目先の欲にすっかり目が眩《くら》んでしまっている母には、今更、何を言っても無駄なような気がした。

それに。剛志には、剛志なりに思うところもあったので。年寄り相手の気の張らないボランティアだと思えば、大婆との毎日のデートもそれほど苦にはならなかった。

もっとも。そのことに対する周囲のやっかみや僻《ひが》みは、以前にも増して凄まじいものがあったが。

しかし。

「なに？　そんなに大婆ちゃんの話し相手になりたいのなら、いつでも替《か》わってやるけど？」

剛志が冷然とそれを言い放つと、誰もが痙ったような顔でグッと言葉を呑んだ。

皆、口で言うほどに、大婆の話し相手が役得だとは思ってはいないのである。

ただ、六道家の当主直々のお声掛《こえが》かりであることと。そのことを、何かにつけて誇《ほこ》らしげに吹聴《ふいちょう》して廻《まわ》る剛志の母親の言動が癇《かん》に障るだけで……。

現当主の婆様《ババさま》に取り入るためなら、その足の裏を舐めることさえ厭《いと》わないだろうが。ボケぎみの御隠居《ごいんきょ》の世話まで押しつけられるのは敵《かな》わない。そんな思惑が見え見えであった。

そして、幾度目かの夏が過ぎ。大婆は、剛志が十五歳になったことを知ると、

「おぉ……そうか。タケ坊も、もう元服かや？　ならば、そろそろ、女子《おなご》の肌を知っても良い年頃《としごろ》じゃな」

大真面目《おおまじめ》な顔をしてそんなことを言い出し、周囲の者を爆笑《ばくしょう》させた。

おかげで、剛志は。その年の帰省中は、誰彼となく、顔を合わせるたびに、

「おい、剛志。もう筆下ろしは終わったか？」

「下手にガッついて、変な女に喰《く》われるんじゃねーぞ」

「剛志クーン。その気になったら、いつでも呼んでね♡」

「オネーサンたちが、手取り足取り教えてあげようかぁ？」

その『ネタ』で、いいようにからかわれ続けたのだった。

（まったく、暇な奴らだぜ）

さすがの剛志も、いいかげん苛《いら》ついてしまうほどに。

中には。大婆の発言を深読みして、

『裏本家が、剛志と誰かを娶《めあわ》せようと画策しているのではないか』

――などと。そんな噂もそれなりに飛び交《か》ったらしいが。

そんな、何の根拠《こんきょ》もない噂に踊らされるつもりもないのか。裏本家では一切《いっさい》、否定も肯定《こうてい》もしなかった。……らしい。

その、翌年のことだった。

秘密の花園……云々《うんぬん》。それを、大婆が言い出したのは。

裏本家の蔵の中。

大婆は、勝手知ったる足取りで地下へと降りると。北側の壁の前に立ち。巻物などをキッチリ納めた棚の寄せ木細工の木目を、慣れた手つきで淀みなく動かしはじめた。

（――え？）

そのたびにモザイクにも似た色目が次々に変わっていくのを、剛志は半ば呆然と見ていた。

そして、最後。

カタンッ。

――と。やけに乾《かわ》いた音を立てて、その棚が、まるで扉のように手前へと開かれた。

（これって……。もしかして、隠《かく》し扉――って、やつ？）

それを思うと。何かしら『秘密』の匂《にお》いがして、剛志は、妙にドキドキしてきた。

これだったら、あっと驚くような花園もありかもしれない――と。

開かれた扉の奥は、天然の岩盤《がんばん》をくり貫《ぬ》いたような通路になっていた。

通路の幅《はば》は、約三メートル。

そこは、今でも人の出入りが頻繁《ひんぱん》に行なわれているのだろう。ひんやりと冷たい空気のどこにも、饐《す》えた臭《にお》いはしなかった。

どこまで続くかわからない通路の天井《てんじょう》には電灯が等間隔《とうかんかく》で並んでいて、歩くのにも苦労はしない。

「大婆《おおババ》ちゃん。これって……何？」

大婆と肩を並べて歩きながら、興味津々《きょうみしんしん》で剛志が問うと。

「秘密の花園に向かう蝶々《ちょうちょう》の通り道じゃよ」

あっさりと、そう言った。

（チョウチョの……通り道？）

自然界では、確かに、ある種の蝶が群れをなして翔《と》んでいく『蝶道《ちょうどう》』なるものが存在する。

──とは、剛志も聞いたことがあるが。

（まさか、こんな地下道にチョウチョなんか……いないよなぁ）

だったら。大婆の語る『蝶』とは、何かの比喩《ひゆ》だったりするのだろう。

それが、いったい何を意味するのか。そこまでは、わからなかった。

が──しかし。

花園は、あった。確かに。

もっとも。

それは、四季折々に咲き誇る花々の手入れが行き届いた庭園でもなければ。野に咲く花の群生地でもなく。かといって、本物と見紛《みまが》うばかりの造花が所狭《ところせま》しと飾《かざ》られているわけでもなかった。

けれども。

いきなり、剛志の視界に飛び込んできたそれは。トンネルの壁を覆《おお》い尽《つ》くすようにびっしりと緑の肉茎《いばら》が繁茂《はんも》し、深紅《まっか》に熟《う》れた女性の性器を思わせるような肉厚の花が毒々しいばかりに豪華絢爛《ごうかけんらん》と咲き誇っていた。まるで……そこだけ、ぽっかりと異次元の空間に迷い込んでしまったかのような錯覚に陥《おちい》ってしまうほどの異質感でもって。

その、なんとも形容しがたい感覚に、

「――何？　これ……」

思わず、剛志が声に出してごちると。大婆は、

「綺麗《きれい》じゃろ？」

うっとりと魅入《みい》ったまま、皺《しわ》だらけの顔ではんなりと笑った。

（キレイって……。これがぁ？）

剛志の目には、綺麗と言うよりはむしろ――グロテスクに見える。

てらてらと濡《ぬ》れたように潤《うる》んだ肉厚の花弁をじっと見ていると、どうにも生理的な嫌悪感す

ら感じて居たたまれなくなる。

（大婆ちゃんの美的センスって……よくわかんねー）

わずかに唇の端を痙らせた——そのとき。

風もないのに、一斉《いっせい》に葉ずれのざわめきが巻き起こった。

一瞬、ギョッとして。その場で立ち竦んでしまった剛志には目もくれず、大婆は、

「おや、まぁ……。今日は、蝶が通る日じゃったかや？」

事も無げにつぶやいた。

（……え？　蝶って……）

すると。そのざわめきに煽られるかのように、トンネル内は不意に、ムッとするほどの熱を持った。なんとも言えない甘い芳香《ほうこう》を漂《ただよ》わせて……。

「ほぉ……。これはまた、一段と良い馨《かお》りじゃのぉ。今日もご機嫌《きげん》うるわしゅうて、けっこう、けっこう……」

（ご機嫌って……何が？）

「どぉれ、久しぶりに、ご尊顔でも拝そうかのぉ」

大婆は剛志の思惑などまるでお構いなしに……。いや、この一種グロテスクな花園を目にした瞬間、大婆の視界からは剛志の存在などまるっきり消え失せてしまったかのように、とぽとぽと、慣れた足取りで先へ進んでいく。

（おいおい……。ちょっと大婆ちゃん、勘弁《かんべん》してよ）

何がなんだかわからないまま、慌《あわ》てて、剛志は大婆の後を追った。

（こんなとこに置いてけぼりはゴメンだってば）

そうやって、二人が緑の花園《トンネル》を抜けていく間も、歓喜《かんき》に打ち震えるような葉ずれのざわめきは止まらなかった。

それどころか。

なぜか。

鼻をくすぐる芳香は、ずっと濃く、甘ったるくなった。まるで身体の芯の微熱《びねつ》を煽るかのように、それは、ねっとりと剛志にまつわりついて離れなかった。

そして。トンネルの突き当たりの二重扉の先にある、誰がどこから見ても秘密の隠し部屋としか思えないそこで、剛志がこっそり覗《のぞ》き見たものは……。

十九代三原宗家当主が男を犯す、淫猥《いんわい》な絡み合いだった。

（――ウ…ソぉ……）

あまりにも思いがけない――いや、まったく予想だにしない場面《モノ》を目《ま》の当りにして、剛志は絶句した。

宗家当主が、なぜ、どうして……こんなところにいるのか。剛志にとって、それは、不可解極《きわ》まりない謎《なぞ》だったが。

それよりも、何より。

年に一度、わずか一日。荒神大祭《あらがみたいさい》の神璽でしか見ることの叶わない、どこか近寄りがたい独特の品格すらまとった当主が、まるで別人のように、牡の本能を剝き出しにしてセックスに溺《おぼ》れている様を眼前にして、頭の芯がドーンと重く痺れるような衝撃《しょうげき》を覚えた。

半ば神格化された宗家の当主も、一皮剝けば、ただの男だったのか——という嘲笑まじりの失望ではない。

セックスの相手が男だったという驚きでも嫌悪——でもない。

剛志が。顔面から血の気が失せる思いに、その場で凍りついてしまったのは。当主に組み敷かれてディープなキスを貪られている相手の男が——見知った顔だったからだ。

(コー……ちゃ、ん?………)


嘘《うそ》、ダ。


キーンと耳鳴りのする頭の中を、その言葉だけがグルグルと廻《まわ》る。

洸一は当主の膝《ひざ》の上に乗せられたまま、剝き出しになった性器をおもうさま揉みしだかれていた。

わずかに眉間を歪めて、洸一が喘いでいる。

その股間で、当主の手が淫猥に蠢《うごめ》くたびに。洸一の唇が、大きく開かされた足が、ヒクヒクと痙るように震えた。

ナンデ？

当主が、洸一の首筋をねっとり舐め上げる。

何度も。

まるで……そこが、洸一の性感帯《ウイーク・ポイント》であることを剛志に見せつけるかのように。

所有のマーキングを施《ほどこ》すように洸一の肌を這《は》い回る唇の淫猥さが、許せない。

そのラインをなぞる舌の動きが、とてつもなくイヤらしくて。剛志は、ぞわぞわと鳥肌が立つ思いがした。

**ドウシテッ！**

こんなことは、絶対にあってはならないことだった。

ほんの子どもの頃から、ただひたすら洸一を追い求め。それを拠《よ》り所《どころ》にして大事に、大切に育《はぐく》んできた真摯《しんし》な想い。

なのに。

その瞬間。

それが、思いもかけない形で穢《けが》され、ズタズタに引き裂かれたような気がして。剛志は、目の前が真っ暗になった。


**許サナイ。**

**——許セナイッ。**


すると。

そんな剛志の気持ちを逆なでにするように、大婆《おおババ》がボソリと洩らした。

「ご当主様は、ほんに、あの子がお気に入りだのぉ。よく躾《しつけ》られた蝶は、ほかにもぎょうさんおるのに……。あの子の精を喰らってからは、余所見《よそみ》もなさらないほどのご執心《しゅうしん》ぶりじゃて。あの子を攫《さら》って無理やり破瓜《はか》させたときには、この先どうなることかと……さんざん気に病《や》んだものじゃが。案ずるより産むがやすし——とも言うからのぉ」

そのとき。

剛志は。

大婆が語る言葉の真意に気付き、煮えたぎる頭に一瞬、冷水を浴びせかけられたような気がした。

そんな剛志などまるで眼中にもないような顔つきで、大婆は、

「まぁ、ご当主様があの子に溺れるのもしょうがないわな。あの子は、山主様にも愛《め》でられた『忌神子《いみご》』じゃで。ご当主様の精をよぉけ注ぎ込んでも子を孕む心配もない石女《うまずめ》じゃし。あの子の菊紋《きくもん》は、うちの蝶々の女陰《ほと》さんよりもよっぽど具合がいいんじゃろうて」

淡々《たんたん》とひとりごちる。

その口から洩れるあからさまな真実の数々に。一瞬。剛志は、皺《しわ》くちゃまみれの細首をおもうさま絞《し》め上げてやりたい衝動に駆られて、硬く握り締めた拳《こぶし》をヒクヒクと震わせた。

「花園の蘭麝《はな》も、あの子がご当主様に抱かれてたんと可愛がられるようになってからは、いっそう艶《つや》が増しておるしの。今年も質の良い媚香《びこう》がたんと採れるじゃろ」

その日。

そこから、どうやって裏本家の蔵まで戻ってきたのか……。

剛志の記憶は、実にあやふやだった。まるで、そこだけ、ぽっかり時間の経緯《けいい》が喪失《そうしつ》してしまったかのように。

だから。

いつものように。

「タケ坊?」

大婆に名前を呼ばれたとき。

剛志は。

一瞬、自分がどこにいるのか——わからなかった。

「タケ坊？　どうか……したのかや？」

「……え？」

慌てて、剛志はあたりをキョロキョロと見回す。

（……あ……れ？）

そして。自分が、いつもの蔵の中で、山と積まれた骨董品《こっとうひん》の前に座っているのだと知った。

（——ゆ、め？）

いや。そんなはずは、ない。

だが。いつのまにここに戻ってきたのか……わからなかった。

「あの……大婆ちゃん？」

「なんじゃな？　タケ坊」

そこにいるのは。皺くちゃまみれの顔でニコニコと剛志を見ている、いつもの大婆だった。

「おれたち……トンネルから、いつ、戻ってきたんだっけ？」

「……トンネル？」

「秘密の花園だよ、大婆ちゃん。行ったよね？」

「……はて。そうじゃったかな？」

「行ったでしょッ？　真っ赤な、茨《いばら》の花だよ」

大婆は、束の間口を噤《つぐ》んで頭を傾《かし》げ、うーん……と唸った。

「大婆ちゃんッ。思い出してよ、ちゃんと。大婆ちゃんッ」

（肝心なときにボケてんじゃねーよッ）

思わず、その言葉が口を衝《つ》いて出そうになったとき。

「おぉ……そうじゃった。真っ赤な茨は、蘭麝《らんじゃ》の花じゃ」

大婆は得意気に、そう言った。

だが。思わず膝を乗り出した剛志の鼻先で、

「じゃが、どこに咲いておったかや」

見事にボケ倒《たお》してくれたのだった。

それで、すっかり業《ごう》を煮やした剛志は。大婆の手を引っ張って地下に降り、寄せ木細工の棚の前に立ったのだが。大婆は、再び唸ったきりで、その扉は開かなかった。

あれは、本当に白昼夢だったのだろうか。

そう、何度も自問して。

（そんなはず、ないッ）

否定する。

夢などあるはずが、ない。

剛志は、見たのだ。ちゃんと、自分の目で。

どこまで続くかわからないトンネルの中で、グロテスクな茨の花園を。

宗家当主と洸一が全裸《ぜんら》で絡み合って、セックスをしているのを。

そんなもの、見たくも知りたくもなかったのに……。

だが。あったことをなかったことにはできないのだ。

剛志は、確かにそれを見たのだから。

あれから何度も、大婆と蔵の地下に行ったが。トンネルへの扉は二度と開かなかった。

最初で最後……。たった一度目にしたきりの、衝撃。

だから。その光景は剛志の脳裏《のうり》にくっきりと刻印されたまま消えなかった。

その後。

剛志は。以前にもまして、大婆にベッタリ張り付いた。

あのトンネルを潜《くぐ》って茨の花園には二度と行けないかもしれないが。それならそれで、話だけでも聞きたかった。これ以上、大婆のボケが進行しないうちに。記憶が混乱してしまわないうちに、聞き出せることは皆、聞いておきたかった。

大婆の話は、ときおり、時間や次元をすっぱり飛び越《こ》えてしまう。

それが、真実なのか。

それとも、ただの妄想なのか。

剛志には、なんとも判断のしようがなかったが。それでも。とにかく、剛志は焦《あせ》らず、辛抱《しんぼう》強《づよ》く話の相槌《あいづち》を打った。

そして。甘ったるい芳香《ほうこう》を漂《ただよ》わせるあの毒々しい花の名前が『蘭麝《らんじゃ》』といい、うねうねとくねる茨《いばら》の肉茎《くき》の乳液を生成すれば極上《ごくじょう》の媚香ができるのだということを知った。その『蘭麝《らんじゃ》香《こう》』と呼ばれる香料が、好事家《こうずか》の間で法外の値がついているらしいことも。

ちなみに。その『蘭麝香』を秘伝の膏《こう》で練り合わせれば、更に、その効力が増すらしい。どんな不感症《ふかんしょう》でもそれを粘膜《ねんまく》に塗《ぬ》り込めば、たちどころに淫乱《いんらん》になる——のだとか。嘘《うそ》か真《まこと》かは、知らないが。

その蘭麝は、なぜか、あの地下道にしか生息しない希種で。大婆たち裏本家の連中は、その発育を促《うなが》しているのが宗家当主が持つ《氣《き》》であり、その《氣》は、当主の性欲に比例するのだと本気で信じているようだった。

そのために、妻帯を許されない当主の下《もと》へ、あの地下道を使って女たちが通うのだと。

大婆が口にした『蝶』とは、その女たちを称《しょう》するための隠語《いんご》なのだろうが。剛志に言わせれば、そんなものは、当主の性欲を解消するための取って付けたようなバカバカしい大義名分としか思えなかった。

そんな女たちと同じように、洸一が当主の性欲の捌け口にされている。

それを思うと。憤激と憎悪で、ギシギシと奥歯が軋った。

剛志にとって、洸一は。年に一度しか逢えないただ一つの渇望《かつぼう》だった。血族の因習に縛られた自分を色眼鏡《いろめがね》で見ない、唯一の存在だった。

それを、セックスという手段でもって、ただの『雌《めす》』へと貶《おとし》めてしまった当主が——許せなかった。

その当主に加担して、のうのうと安眠《あんみん》を貪《むさぼ》っている裏本家も。

憎くて。

憎くて……。

できることなら、皆まとめて八つ裂きにしてやりたかった。

なのに。大婆《おおババ》は言うのだ。

「ご当主様は、我らにとっては尊き『活《い》き神』様じゃからのぉ」

だったら。

（そんな似非《えせ》の活き神様なんか、潰れてしまえばいいいッ）

本気で、そう思った。

**ソコマデ神格化シナケレバ宗家ノ面子《メンツ》ガ保テナイノナラ、イッソノコト、俺ガ派手ニ、ブッ壊シテヤルッ！**

いまだ血の滴る左手をゆうるりと掲《かか》げ、

(……来いよ)

剛志は不遜《ふそん》に誘う。人間《ひと》としての矜持《きょうじ》も、尊厳さえも踏みにじって、ただひたすら求め続けたモノを。

(おれの命と引き換《か》えに、おまえの真の『力』を示せッ!)

人としての禁忌《きんき》を犯《おか》した忌《い》むべき誓約の《血》は、ここにある。

(この血を貪り喰らって、穢《けが》れた鎖のすべてを叩き壊してしまえッ!)

その瞬間。

ザワリッ。

——と、沈黙を裂いて。鋭くしなった蔓《つる》が、四方八方から剛志に襲いかかった。

手に。

足に。

胸に。

首に。

蔓は、身動きも取れないほどにきつく絡み。

膨れ上がった鼓動を扱《しご》き。

キリキリと剛志を呪縛する。掠れて途切《とぎ》れがちな吐息の先までも。

それは。

まるで……。樹木の枝葉でできた巨大な蜘蛛《くも》の巣に搦《から》め捕《と》られてしまった哀れな供物のようであった。

そうやって。剛志の動きをすべて封じてから、蔓は、繊毛《せんもう》のような奇妙な触手《しょくしゅ》をいっぱいに伸ばし、剛志の肌をゆるゆると這った。総毛立った毛穴の一つ一つまで、じわじわと、まさぐるかのような執拗さで。

今更何が起こっても、甘受《かんじゅ》する決意に変わりはなかった。

だが。

——それでも。

非現実的な恐怖よりも、なぜか、生理的な嫌悪感が勝《まさ》った。

ぬめる粘液《ねんえき》が、強烈な異臭《いしゅう》を漂わせる。

思わず胃がひっくり返りそうな嘔吐感《おうとかん》に、くらくらと目眩《めまい》がした。

けれでも。喉をキリキリと絞《し》め付ける蔓に阻《はば》まれて、剛志は満足に息を継ぐことすらできなかった。

肌をまさぐり這う触手が、ゆるゆる……と左腕の傷口をなぞる。

そのたびに、傷口が擦れて灼《や》け付くような痛みが走り。それだけが、束の間、正気と狂気の狭間《はざま》を移ろうリアルな現実を意識させた。

——と。ざわざわと鳥肌立つ嫌悪と吐き気を掻き回して、触手は、いきなりズブリと傷口に潜《もぐ》り込んだ。

「ヒ、あぁぁァ～～～～～～～～～～～～～～～～～ッ！」

堪《こら》えきれない絶叫が林床に谺する。

それを合図に、剛志の身体を余すところなくまさぐり這っていた触手という触手が、一斉《いっせい》に襲いかかった。隠し持っていた本性《きば》を剝き出しにして。

皮膚を鋭く突き破り。

筋肉を裂き。

内臓を抉り。

それは、剛志の身体と恐怖を容赦なくズタズタに喰い破って、ようやく止まった。

ゴボリ……と。剛志の口から鮮血が溢《あふ》れ出た。

だらだらと流れ落ちる血の筋が、足下に溜《た》まっていく。

そのとき。真っ赤に疼いた視界がグルリと反転するかのような錯覚に、剛志は、激しく咳《せ》き込んだ。

けれども。不思議に、身の毛がそそけ立つような恐怖感は湧《わ》いてこなかった。

ただ……。熱く昂ぶり上がった狂気が不意にポトリと落ちてしまった喪失感に、剛志は震える舌でぎこちなく唇を舐めた。

こういう不様な死に方が、自分には一番相応しいのかもしれない。そう思うと、全身の力という力が一気に抜けた。

そのまま、ゆうるりと視界が沈んでいく。

だが。掠れて歪む視線の先を昏倒《こんとう》したままの洸一の姿がかすめた——瞬間。剛志は、熱く途切れがちな吐息を宥《なだ》めすかすように奥歯を食いしばると、グッと顎を持ち上げた。

切ない想いが今更のように込み上げて、鮮血まじりの口いっぱいに溢れ返る。

（コー…ちゃん……ごめ…ん………。おれ——お…れ………。ゴメン……ご…め………）

そのとき。

初めて。

剛志は、自分が泣いているのだと知った。

§§§§§§§§　§§§§§§§§　§§§§§§§§

先代と由樹の二代の当主に仕え、その徹底《てってい》した冷静沈着ぶりに、一歩裏へ回れば『鉄仮面』と陰口を叩かれることも少なくない正木勇は。今、猛烈に焦《あせ》っていた。

由樹の苦悶《くもん》は、ますます酷《ひど》くなるばかりである。

なのに。正木には、珠《たま》のように噴《ふ》き出した脂汗を拭ってやることしかできなかった。

どんなに権威《けんい》のある名医の力をもってしても、これぱかりは、どうにもならない。それを思うと、ともすれば冷血と揶揄《やゆ》される顔面から血の気が一気にザッと失せていく思いがした。

由樹が言うのだ。すでに紫《むらさき》色に近い唇を痙らせて、息も絶え絶えに。

『荒神』に喰い殺されそうだ――と。

ほとんど聞き取れないほどに低く掠れたそれを言葉にするだけでも、多大な苦痛を伴《ともな》うのだろう。痙り歪んだ由樹の顔は、すでに、蒼白に近い。

らしくもなく、正木は心底――狼狽《うろた》える。

今の、今。

自分は何を為《な》すべきなのか。それすらわからずに……。

時間だけが刻々と、無情に過ぎていく。

そんなとき。荒く途切れる息の下から由樹が呻くように洩らした。

「……こぅ……い、ち………」

ただ、一言。

(そうだ、洸一をッ!)

正木は、すっくと立ち上がった。

しかし。すぐに思い出す。洸一は今、直系筋の者を引き連れて『霊鎮《たましず》め』の儀式を執《と》り行なうために妙見山の社に行っていることを。

どうする？

（洸一が戻るまで、待つか？）

――どうする？

（儀式をないがしろにするわけには、いかない）

だが。

（しかし……。このままでは、由樹様がもたないッ）

二者択一《にしゃたくいつ》を迫《せま》られて、正木は脱兎《だっと》の勢いで部屋を飛び出していた。おろおろと、正木の名を連呼する者たちを振り捨てて。

正木は離れまで一気に走ると、由樹が使っている机の引き出しをすべて漁《あさ》り。その中から、真新しい携帯電話を見つけだすと、そこに唯一、登録されてあるナンバーを押した。

洸一を呼び出すときには、必ず、高村の家の電話を使う。そうでないと、彼の両親が何かと心配をするからだ。

だから、正木は。プライベート用に洸一に携帯を持たせたいと由樹が言い出したとき、取り立てて反対はしなかった。

日々、宗家当主としての義務と修錬《しゅうれん》に追われる由樹は、屋敷の外には一歩も出ない。洸一との逢瀬《おうせ》が許されているのも、誰の目にも触れないよう、離れの地下にある隠し部屋の中だけである。

それだけでは足りないのだと、由樹の双眸《め》が訴《うった》えていた。

由樹が、洸一とのセックスにだけのめり込んでいるわけではないのだと、薄々《うすうす》、正木は気付いていた。大人の余裕がありそうで、実はそんな余裕もないのが、今の由樹だった。

だから、当主としての義務をキッチリ果たしてもらえれば、少しくらいは融通《ゆうずう》をきかしても良いと思っていた。それゆえ、正木は、洸一の携帯の番号もあえて控えなかった。

洸一は、由樹から渡された携帯電話をいつも身に着けているはずだった。もちろん、親には内緒で。

この際。『霊鎮め』の儀式を中断しても、洸一を呼び戻す。

今——このとき。

何でもいい。由樹の正気を保てるのなら、正木は何にでもすがりたい気持ちだった。

§§§§§§　　§§§§§§　　§§§§§§

ざわめく林床に、うっすらと緑に透ける輝きが降臨する。

それは、人形《ひとがた》のようでもあり。だが、明らかに人間とは呼べない異質な輝きは、ゆったりと、しなやかな足取りで……洸一の足下へ忍び寄る。

すると、樹木の葉ずれが。

密《ひそ》やかな芳香《ほうこう》を放つ花弁《はなびら》が。

ざわめく大地が。

林床をそよぐ風すらもが、打ち揃《そろ》って、恭《うやうや》しく敬意を払《はら》うように深々とその頭を垂れた。

剛志は。ともすれば薄れそうになる気力を振り絞って、それを見ていた。現実感のない、フワフワとした浮遊感《ふゆうかん》に冒《おか》されながら。

人形ともつかない発光体は、洸一に擦《す》り寄ると、外輪をかすかに震わせた。哀《かな》しげに……。

淡いエメラルド色から、空の蒼《あお》さを映し出すような澄《す》み切ったプルシアン・ブルーに。

不思議な感動をもって、剛志はそれを見ていた。

人外のモノが、洸一の死を悼《いた》んでくれている——のだと。

ただの錯覚でも、妄想でもなく。剛志には、そう思えて仕方なかった。

なぜだか、わからないが。洸一は、妙見山に縛られている。

剛志の母は、

「あの子は、忌神子《いみご》だから」

そう言って、露骨に毛嫌いしたが。

今なら——わかる。

血の因習に縛られている真の意味での『忌み子』は自分であることを自覚している剛志には、わかる。洸一が、誰に——何に愛されているのかが。

洸一は言っていた。

御山《おやま》に入ると、なぜか、気分が爽快になる——のだと。

「ンじゃ、コーちゃんは、荒神さまに愛されちゃってるんだよ」

冗談めかしに剛志がそれを言うと。洸一は、困ったような顔で曖昧《あいまい》に笑った。

直系筋の親類縁者は、そんな洸一を目の敵《かたき》にしている。かろうじて裏本家の末席に名前を連ねているだけの洸一が、なぜか、六道家の当主に特別に目をかけられているのを、誰もが知っていたからである。

その理由《わけ》を、剛志は知っている。

洸一が理不尽な圧力でもって、宗家当主に無理やり身体を開かされていた意味も。

その経緯《いきさつ》も……。

剛志が聞けば、大婆《おおババ》は、何でもすんなりと答えてくれた。まるで剛志に対してだけは、警戒《けいかい》心《しん》も何もかも緩《ゆる》んでしまったかのように。

活《い》き神である現当主が洸一を強姦してからは、ほかの『蝶』はすべてお払い箱になってしまうほど、その執着心は尋常《じんじょう》でないのだと。

だから。剛志は、何もかもブチ壊してしまいたかった。

己を縛る《血》の穢《けが》れごと、洸一を呪縛するモノをすべて。跡形《あとかた》もなく……。

けれども。

——今。

こうして、人間としての常識も道理も通らない異質の中に在って。剛志は、ふと思う。もしかしたら……。『あれ』こそが、本当の『荒神』なのかもしれないと。

淡いエメラルドの輝きは、そのまま跪《ひざまず》くように、ゆうるりと、洸一の背に覆い被さった。

そのとたん。一斉にどよめく樹木たちの、あるいは——大地の、まるで慌てふためいたような唸り声には耳も貸さず。それは、愛《いとお》しげに頰擦《ほおず》りでもするかのような優しさで洸一を抱きしめた。

そうして。ゆるゆると黄金《きん》色に発光しながら、洸一の中に溶けて消えた。

剛志は、うっとりと……満足げに唇の端で笑う。

（コーちゃん……やっぱ、荒神さまに……愛されちゃってんだぁ……）

何のてらいもない美々《びび》とした微笑《びしょう》を刻みながら、ふっつりと目を閉じる。

そして。それっきり、二度と、剛志の目は開かなかった。

§§§§§§§§　　§§§§§§§§　　§§§§§§§§

そのとき。

突然。

沈黙の中から、甲高《かんだか》い声が上がった。

TRRR、TRRR、TRRR…………。

洸一のジャケットの内ポケットから、まるで切羽詰った悲鳴のように携帯電話の呼び出し音が弾ける。

何度も。

──何度も。

繰り返し。

……何度も。

けれども。それに応《こた》える者は──誰もいなかった。

## 荒神《あらがみ》降臨

その瞬間《とき》。

苦悶《くもん》に顔を歪ませて激痛に喘ぐ三原由樹は。

もはや痺れて感覚がなくなった背骨が、ミシリと軋む音を聴いたような気がした。

(――出て、来る?)

己の血肉を裂いて。

(――『荒神《あらがみ》』が……)

ゾワリと臓腑《ぞうふ》が痙るような、それは。

ただの予感でも、錯覚でもなく。滾《たぎ》り上がった血も瞬時《しゅんじ》に凍りついてしまうような、絶望的な確信であった。

その、純然たる恐怖と。

更なる――激痛。

由樹は。思わず、カッと双眸《め》を見開いた。

「グッ…がぁぁぁァ〜〜〜〜〜〜〜〜〜〜〜〜〜〜〜〜〜〜〜〜〜ッ!」

獣《けだもの》じみた形相で、由樹が絶叫《ぜっきょう》を放つ。

──とたん。

その場に居合わせた誰《だれ》もがこぼれ落ちんばかりに目を瞠《みは》って、腰を抜かした。

刹那。

幾筋《いくすじ》もの青筋を浮かせて反り返った由樹の喉が鋭く裂けた。まるで、見えない剃刀《かみそり》で真一文字に掻き切られたように、パックリ──と。

瞬間。

凄まじい勢いで、血が──飛沫《しぶ》いた。

真っ赤に跳ね上がる鮮血のシャワー。

誰もかれもが、魂《たましい》まで呪縛されたかのように凍りついた。

大気も。

吐息も。

時の流れすらも……止まる。

そうして。

裂けた由樹の喉を更に喰《く》い千切るような激しさで、ユラリ──と。

どくりッ……と。

『影』が浮かび上がった。

ある者は。

そこに——血塗《ちぬ》られた鬼神《きしん》を見た。

また、ある者は。

世にも恐ろしげな妖獣《ようじゅう》を見た。

『影』は、それを見た者の恐怖を引き摺《ず》り出して具現する。

しかし。

恐怖のあまりに顔を無惨に歪ませて事切れてしまった者たちには、その異質の真実を見届けることも叶わなかった。

そして。

『影』は。

そこに居合わせた哀れな供物と成り果てた者どもの魂まで喰らうと、フラリと消え失せた。

無惨な惨劇だけを取り残して。

§§§§§§§§　§§§§§§§§　§§§§§§§§

その一瞬。

『彼』は、哄笑《こうしょう》した。

『彼』を呪縛する血も、肉も——今は、ない。

久々に味わうその解放感に、ひたすら狂喜《きょうき》する。

そうして。

ひとしきり笑って。

『彼』は。己の『半身』を求めて直ちに、己が統《す》べる封土に帰還《きかん》した。凄まじいプラズマの化《け》身《しん》となって。

——だが。

呼べど叫べど、『半身』からの応《いら》えはなかった。

『彼』と、かの『半身』は、単体では実体を保ってはいられない。その『霊力《ちから》』もまた、半減する。

早く、一つに交わりたいッ！

本能よりも凄まじい飢渇感《きかつかん》に思わず癇癪《かんしゃく》を起こしかけて、ふと、気付く。久々に帰還を果たした己の封土を覆い尽くすかのような濃厚な血臭に。

長きに亘《わた》り『彼』を蹂躙《じゅうりん》してきた——凶々《まがまが》しき血の匂《にお》い。

それを思い出して。『彼』は、忌《い》ま忌ましげに舌打ちした。

そこは。

一面、ムッとするほどの血臭に満ちていた。

『彼』が、その姿を見せると。

とたんに、木精《こだま》はおののき。

大地の精霊は平伏《へいふく》し。

それらに巣くう魍魎《もうりょう》どもが深々と頭《こうべ》を垂れた。

『彼』と『半身』は、彼らを統べる王であった。

『彼』は不機嫌に、チロリと流し見る。すべてを見通す視線《め》で冷ややかに、我が僕《しもべ》たちを。

今は、物言わぬ骸《むくろ》と化した人間たちを。

そして。別段、何の興味もなさそうにそれらを一瞥《いちべつ》しただけで視線を元に戻すと、誰にともなく、『半身』の居所を問うた。

刹那。

沈黙が、更に重くしこった。

それに焦《じ》れて、『彼』は、ついに声を荒らげた。

【――何処《どこ》だッ！】

その一喝《いっかつ》で、林床が激震《げきしん》する。

力のない微弱《びじゃく》な魑魅《ちみ》どもは、それだけであっけなく潰れて消えた。

そんな荒行を目《ま》の当りにして、彼らは震え上がった。

そうして。

次の《神鳴《かみな》り》が落ちる前に。

彼らは。我先にと、こぞって指をさした。不様に突っ伏したままの人間を。

荒々しく大地を踏み鳴らして、『彼』は歩み寄る。

そして、知った。うっすらと緑がかった背の傷を目にして。『半身』が、この人間の血肉と同化しつつあることを。

おそらく。この個体は、瀕死《ひんし》であったのだろう。

ここまで同化してしまえば、この個体から『半身』が抜けるまで、それ相当の時間を必要とするに違いない。

『彼』は腹の底から唸った。我が『半身』の、身勝手な振舞《ふるま》いに激怒《げきど》して。

不気味なプラズマが其処彼処《そこかしこ》で蒼白い輝きを放って――炸裂《さくれつ》する。

彼らはヒクリと身を竦めた。王の八つ当たりが我が身に降りかかることを恐れて。

ひとしきり唸って。

浮遊《ふゆう》する妖《アヤカシ》どもを片っ端《ぱし》から引き千切って。

それでも、まだ怒《いか》りは治まらず。

最後に。『彼』は『半身』が要《い》らざる情けをかけた人間の脇腹をおもうさま蹴り上げた。

その反動で上向いた人間の顔を憤激《ふんげき》まじりの眼差《まなざ》しで見やって。『彼』は、ふと訝《いぶか》った。

多少泥《どろ》にまみれてはいたが、その顔に見覚えがあったからだ。

はた——と考えて。

ふと……思い出す。

これは、自分を封じていた最後の男の《牝《めす》》だ——と。

そうして、今更のように納得する。なぜ、自分が、あれほどまでにこの《牝》に執着していたのかを。

この《牝》の身体からは、いつも、ひどく懐《なつ》かしい馨《かお》りがした。

それが、何であったのか……。

今になって。『彼』は、ようやく理解した。

【——**なるほど。これは、あいつの養い子だったのか**】

ときおり。『半身』は、死にかけた小動物に己の生気を分け与《あた》えてやることがあった。

その中途半端《ちゅうとはんぱ》な温情《きまぐれ》で息を吹《ふ》き返した者どもを、『彼』は嘲笑を込めて《養い子》と呼んでいたのだった。

死に損《ぞこ》ないの養い子は、『半身』の生気を分け与えられてある程度の治癒《ちゆ》はするが。それは、あくまで『半身』の生体エナジーと共振《きょうしん》しているだけなのだ。

つまりは。『半身』のエナジーが共振する範囲《はんい》でしか生きられないということであった。

それを思って。『彼』は、ニタリと笑った。

ようやく、俘囚《ふしゅう》の檻《おり》から自由の身になったのだ。『半身』が、どういうつもりでこの人間にこうまで肩入《かたい》れするつもりなのか……。『彼』には、まったくわからないが。養い子から『半身』が抜け落ちるまでの間、ただ指をくわえて待っているつもりはなかった。

もっとも。

この養い子があの男の《牝》でなかったら、『彼』も、これほどまでの関心は示さなかっただろうが。

あの男の中に呪縛されていたときに貪り喰った、この養い子の血肉の味が忘れ難《がた》かった。

【——ならば……】

『彼』は、ぐるりと視線を巡《めぐ》らせる。

そして。蔓《つる》によって雁字《がんじ》搦《がら》めに捕縛《ほばく》されている人間《それ》に目を止めた。

見たところ、五体満足なのはこれ一体しかない。

いや。別に、手足の一本や二本ねじ切れていても、『彼』にとって、そんなことは瑣末《さまつ》なことにしかすぎなかったが。これ以上、よけいな手間はかけたくなかったのだ。

『彼』は、ゆったり近寄った。

けれども。

それを間近にして、思わず、顔をしかめた。

この人間からは、『彼』を呪縛し続けた《血》の匂いがした。それも、現当主であったあの男よりももっと濃厚な、忌むべき血臭が。

しかし。
幸いというべきか。『彼』に仇《あだ》なす咒楔《じゅせつ》のほとんどは流血してしまっている。
『彼』は、この人間の捕縛を解くように命じた。
すると。
一瞬のうちに、それは、支柱を失った木偶《でく》のようにその場に頽《くずお》れた。
その上から覆い被さるように、『彼』は、ゆうるりと身を屈《かが》めた。

# 悪夢《やみ》の揺籃《ようらん》

うねうねとした樹木の肉茎《みき》が絡み合うようにそびえ立つ、その深緑の離宮《りきゅう》は。人界と威界《いかい》の狭間《はざま》にあった。

無造作に洸一を肩に担《かつ》いだまま、剛志は、ゆったりと視線を巡らせた。久々に足を踏み入れた束の間の感慨《かんがい》と、わずかばかりの逡巡《しゅんじゅん》を孕んで。

剛志はすでに、本城剛志という人間ではなかった。この離宮を住処《すみか》とする威界の主《ぬし》であった。

威界での最高位を表わす銀髪《ぎんぱつ》は。その《力》を誇示《こじ》するかのように、膝裏《ひざうら》にまで届くほどの長髪であり。

人外の『魔』——それも、この地を統《す》べる王たる証《あかし》の黄金の双眸には、縦長に深く切れ込んだ虹彩《こうさい》が。

酷薄《こくはく》な唇は、血の滴《したた》りをそのまま写し取ったかのようにしっとりと色付いていた。

器《うつわ》の見場がどうであれ、剛志はいっこうに構わなかったが。結果的には『剛志』を選んで、正解だったということなのだろう。

剛志はそのまま大股で中に入ると。威界の獰猛《どうもう》な界獣《かいじゅう》の黒く光沢《こうたく》のある和毛《にこげ》を敷きつめた褥《しとね》に、洸一を投げ捨てるように放《ほう》り出した。

それでも。ぐったりとした洸一の意識がいまだ戻りそうもないと知るや。半ばボロクズと化したシャツを裂き、泥と血に塗《まみ》れた洸一のズボンを剝ぎ取った。

すでに、見慣れた裸体《らたい》がそこにある。

剛志は、うっそりと唇の端を吊り上げた。そうすると、冷然とした美貌が、凄絶なまでに淫蕩な艶《つや》を増した。

細身だが、適度に筋肉のついた洸一の肢体《したい》は、見かけよりもずっとしなやかにしなうことを剛志は知っている。

うっすらと開きかけた薄い唇は、胸の実を指で弄《いじ》ってやるだけで、思いのほか甘い吐息を洩らす。

更に。尖りきったそれを舌で嬲《なぶ》り、甘く咬んでやれば。項垂《うなだ》れた股間のモノは、それだけで、ゆったりと頭をもたげる。もちろん、まだ芯が通るほどではなかったが、
それでも。形を変えつつあるそれを握ってやれば、すぐに硬度《しなり》を増したし。

硬く反り返った牡芯を銜《くわ》えてやると、鼓動は一気に荒くなった。

そのまま舌を絡めて、ゆるゆると扱《しご》いてやると。気持ちが良くてたまらなくなるのか、艶《なま》めいた声を上げ、腰を揺すってよがった。

剛志がまだ、生身の枷である当主《おとこ》に囚《とら》われていたとき。

あの男は。いつも愛《いと》おしげに洸一のモノに愛撫を施し、胸の実を啄《ついば》んでは、ゆっくりと快楽を

育て上げようとした。

だが。

男の中で快楽を共有していた頃の剛志は。

そんなまだるいことよりも、おもうさま足を開かせ。剝き出しになった股間に顔を埋《うず》めて牡芯を銜え。たっぷり唾液をのせた舌を搦めてしゃぶり。そのまま、舐めしごいて射精《イカ》せることを好んだ。

腰を捩《よじ》り。反った喉をヒクつかせて淫らに喘ぐ洸一の痴態《ちたい》は、それだけで、愉悦《ゆえつ》の熱い昂《たか》まりを呼び覚ました。

男の血が淫蕩にざわめけばざわめくほど、己の快感も強くなる。

そうすると。普段は念の籠《こ》もった言霊《ことだま》で雁字搦めに縛られている己の性《さが》にも灼熱の芯が通って、飢渇感もそれなりに満たされたからだ。

「もぉ……イ…かせ、て……」

そんなふうに。何度も泣きを入れるまで舐めて、しごいてやる。

張ったエラの筋に唇を這わせ。

尖らせた舌で先端の蜜口《みつぐち》をこじ開けるように嬲り。

ときおり、咬むように強く吸ってやると。

大きく割り開いた太股を——足の爪先までヒクヒクと痙らせて鳴くのだ。うっとりするほど甘く淫らな声で……。

そうすると、洸一の《精》が一段と馨《かお》り立った。

トロトロと滲《にじ》み出る先走りの愛液すらもが、甘露《かんろ》だった。

しかも。二つのタマを擦《こす》り上げるように揉《も》みしだいてやると、蜜髄《みつずい》までが濃厚になった。

洸一の精蜜は美味だった。飲んでも、呑んでも、飽《あ》きることはなかった。

男も、それを感じていたのだろう。最後の一滴までしごき上げてもまだ足りないと、睦言《むつごと》のように口走っては、何度も洸一の牡芯にしゃぶりついていた。

できることなら。蜜口が裂けるほどに舌をとがらせ、蜜嚢《みつのう》の底に溜《た》まった精蜜の一番濃い雫《しずく》まで舐め取ってやりたいほどであった。

剛志は知っている。洸一の跳ねる身体の熱さを。

どこを、どう嬲れば洸一が哭《な》き。

どこの何を舐めて吸ってやれば、善がるのかを。

後肛の固い蕾は、男の指で、舌で舐めほぐされて綻び。硬く怒張《どちょう》した男のモノで抉られ、掻き回されて……存分に開花させられた。その秘花に埋もれた《牝》の芽をやんわり弄ると、洸一の艶は更に増した。

聞き分けのないとき。男はいつも、執拗《しつよう》に其処《そこ》を嬲って掻き口説いた。

洸一がえずき。

悶《もだ》え。

泣き叫んで、男のすべてを受け入れるまで……。

洸一の身体で、剛志の知らないことは何もない。

剛志はなぞる。ゆったりと。

指の腹で。

爪の先で。

たっぷりと唾液をのせた舌で。

そうして、洸一の胸の実がゆうるりと勃《た》ち上がるのを目にして、うっそりと笑った。

§§§§§§　§§§§§§　§§§§§§

身体の芯が、妙な具合に燻《くすぶ》っていた。

熱をもって、チクチクと疼くような……。

血が、ヒリヒリと逆立つような……。

その瞬間。

末端神経を不意に剝き出されたような痛みすら感じて。うっすら、洸一の意識が戻った。

だが。頭の芯はどんよりと重く、目蓋《まぶた》をこじ開けることすら億劫《おっくう》だった。

それでも。チリチリと肌を刺すような刺激に、洸一はゆるりと、目を開けた。

初めに、目を射たのは。どこまでも濃い一面の緑だった。
だから、洸一は。ここが、妙見山なのだと思った。
そして。どんよりと鈍く疼く頭の芯で、考える。
(——でも、なん…で?)
なぜ?
(あぁ……。目の奥が、妙に……ズキズキする)
どうして、妙見山にいるのだろうかと。
(——なんで?)
そうして。
(……あ…れ?)
ようやく。
(今日は……何日だ?)
今日が、祠詣での日であることを思い出す。
(……ッ!)
剛志たちと一緒に、妙見山の社へ行く途中《とちゅう》だったことを。
その瞬間。
不意に甦《よみがえ》ってきたのは。

まるで一瞬の悪夢のように掻き切られた拓也の頭が高く舞い上がり、その首から、凄まじい勢いで血飛沫《しぶ》く鮮血――だった。

「――ぁッ！」

ドクンッ――と、鼓動が跳ねた。

ザワリ……と、鳥肌が立つ。

すると。

いきなり。

爪先まで痙るような痺《しび》れが喉元まで迫《せ》り上がってきて……。

「…ぁ…ぅぅぅ……」

洸一は思わず呻いた。

ほとんど無意識に身体をひねる。

けれども。

下肢はピクリともしなかった。

そして。

唐突に、気付いた。

今。自分が、どういう状態であるのかを。

（……え？）

洸一は——我が目を疑う。
素《す》っ裸《ぱだか》のまま、誰かに股間のモノをしゃぶられている。その現実に、パニくった思考が付いていかなくて。

**ナニ？**
**ウソ……。**
**ナンデ？**

まったく身に覚えのない、だが、夢ではないその現実。
洸一は、わずかに痙った唇をぐっと嚙み締める。
「——やめ……ろッ！」
怒鳴り上げて、自分の股間に張り付いている銀髪を鷲摑みにする。
そして。
ずるり……と、剝《は》がれたその顔を力任せに引き上げて。
（…え……？　たけ…し……？）
呆然と、目を瞠《みは》った。
だが。

「な…ん、で……」
思わず声に洩らして、唐突に思い知る。
それが、剛志の顔をした別人なのだと。
艶《つや》やかな銀の髪。
黄金の瞳。
そして、真っ赤な唇。
その異質が、洸一の肌をそそけ立たせる。
なのに。
冷然と口の端を吊り上げたその表情は、確かに剛志のものだった。
(……なん、だ?)
洸一は惑乱する。
これは、何かの冗談なのか?——と。
ここは妙見山ではなく。
今日は祠詣での日でもなく。
もしかして……。
どうしてだかわからないが、自分は剛志と仮装パーティーにでも来て。
(……ラリってるだけなのか?)

――と。

「たけ……し？　おまえ――剛志、だよな？」

それでも。

「おまえ……何、やってんだ？　俺……なんで、おまえとこんなこと――なってんの？」

言葉尻《ことばじり》の震えは……隠せない。

すると。

そんな洸一の現実逃避を嘲笑うように、剛志はうっそりと笑った。

『我は、この地を統《す》べる者。それ以外の名は持たぬ』

声は耳ではなく、直接頭の芯に響《ひび》いた。

その慣れない感触に、洸一は。思わず、ヒクリ――と尻でズリ上がった。

そんな洸一の腰を力任せに引き戻してその身体の上に伸《の》し掛《か》かり、剛志はニタリと唇を吊り上げた。

『もっとも、おまえたちは好き勝手に、我を《荒神》と呼ぶがな』

「あ…ら……がみ？」

『そうだ。呼び名が欲しくば、なんとでも好きに呼べ。荒神でも、剛志でも……なんでも良い。真名《まな》はすでに、忘れて久しいのでな』

剛志の黄金の眼《め》が、妖《あや》しく輝く。洸一を呪縛するかのように。

そうやって洸一を金縛りにしたまま、剛志は。長く尖《とが》った爪の先を、勃ち上がったまま萎《な》えることも知らない洸一の蜜口《みつぐち》に突き立てた。

「ヒ、あぁぁぁッ〜〜〜〜〜〜〜〜ッ！」

絶叫じみた悲鳴を上げて、洸一がのけぞる。

そのまま、精を放つことも、萎えることも許されないまま。更に、もう一本の爪で、ゆるゆる緋肉《ひにく》を弄《いじ》られて。

「…やっ……いぃぃぃぃ〜〜〜〜〜〜〜〜〜〜〜〜〜〜〜〜〜〜〜〜〜〜〜〜〜ッ」

洸一は立て続けに悲鳴を放った。その双眸から、こらえきれない涙をこぼしつつ。

『良い声だ。もっと……啼《な》くがいい。啼くほどに、おまえの精は濃《こく》を増す。まずは、我が舐め啜ってやろう。おまえの精を残らず。その後で、おまえの《花核《メス》》も弄ってやる。たっぷりと、腰が抜けるほどにな』

濃い緑の檻の中。

そのとき。

囚《とら》われた洸一の悲鳴だけが、ねっとりと揺らいで弾けた。

# エピローグ

初めに、闇があった。

深くて。

……昏《くら》い。

手足を丸めて泣きたくなるほどの深淵《こどく》だった。

ここが、どこなのか。

──わからない。

なぜ、こんなところに囚われているのかも。

わからない。

わから……ない。

何も、わからないから。怖《お》じ気《け》は、理性と妄想の狭間でどんどんエスカレートしてしまうのだろう。

「誰か……誰か、いないのかよぉぉぉぉッ。ここは、どこなんだぁぁぁぁッ！」

洸一は、声を限りに叫んだ。

「誰か……。頼むから、ここから、出してくれよぉぉぉッ！」

だが。

闇の沈黙は。

ひそ……とも揺らぎはしなかった。

# あとがき

こんにちは。

ずいぶんと、お久しぶりのルビー文庫です。

しかも。角川さんでは、すっかり御無沙汰《ごぶさた》中のねっとり濃《こ》ゆい系だし(笑)。

最近は、特に、ハード・シリアス・どろどろ系に餓《う》えていた(?)ワタクシ的には、まさに『よっしゃぁッッ!』なのですが。いかがでしたでしょうか?

日下孝秋《くさかたかあき》さんの美麗《びれい》なイラストに目が眩《くら》んで、つい、フラフラァ～ッと手に取られた方、そのままレジにレッツ・GO!

さて。話は変わりまして。

八月末に、ガキ領シリーズのドラマCD第三弾《だん》『最凶ヒールズ』が発売(角川さんより通信販売《はんばい》オンリー)になりました。

今度は、他社様の某《ぼう》シリーズの向こうを張って(笑)豪華《ごうか》三枚組♡

いつものメンバーに加えて、堤《つつみ》君が初登場。なかなかにイイ感じで絡《から》んで弾《はじ》けております。

しかも。DISC-3は、まったくのオマケバージョン。

コンセプトは『ひっくり返ったオモチャ箱』ということで、いつも以上（？）にリキ入りまくり。あぁぁッ。だからって、本編の手を抜《ぬ》いたってわけじゃないですからね。念のため。なんたって、普段《ふだん》、こういうことをやれるチャンスってなかなかありませんし。本当に、いろんなことを楽しんでやらせていただきました。

太っ腹（？）な角川さん、ありがとう♡　あぁ……幸せ♥

とどめは、本編でもまだヤッてない（何を？）誰かさんと誰かさんの、妄想爆裂《もうそうばくれつ》×××――かな。

いや、だって、オマケ……ですもの。やっぱり、これくらいのお楽しみがないと。

でも。これで、ますます病《や》みつきになってしまうんだろうなぁ。ハハハ…………。

――と、思えるくらいには、物凄《ものすご》く好きなんですよ。ドラマCDを作るのも、聴《き》くのも。

でもって。

十月に。某、徳○さんから出ている『二重螺旋』のドラマCDが、○ービックさんから出ているはずです。

こちらは、『ガキ領』とは比べものにならないくらい（笑）にハードでエロいです。もう、バリバリに頑張《がんば》っちゃいました。

――というわけで。興味のある方は、ぜひ♡

そのうち、

『頑張った人にはご褒美《ほうび》♡』

——とかいって、究極の自己満足で自費でCD作ったりして……。

うぅぅむ。いいな、それ。夢はでっかく、鼻先にニンジン(?)。

あー、でも。その前に、フン詰《づ》まりになった仕事を片付けてしまわないと。はぁぁ……。

最後になってしまいましたが。

しかも。もう、ずいぶん前のことで申し訳ないのですが。『大地の逆襲』の発刊のときのサイン会にいらしてくださった皆様《みなさま》、ありがとうございました。短時間でしたが、お会いできて、とてもうれしかったです。

また、拙作《せっさく》の感想など、編集部宛《あて》にお手紙をくださった皆様にも多謝を。

次回。『純血の檻』三部作。鬼畜《きちく》な荒神《あらがみ》様が洸ちゃんを、あーんなコトや、こーんなコトで嬲《なぶ》り尽《つ》くす『威界陵辱編』でお会いいたしましょうッ！

——って。

え……？　あれ？——違《ちが》う？

うぎゃぁッ。ブたないでくださぁぁいッ。担当さまッ。ほんの冗談《じょうだん》じゃないっすかぁぁッ。

——ということで。では、では……。

吉原理恵子

本書はＡＳＵＫＡノベルズ『ボーイズ・セレクション卒業式』（一九九九年三月）に掲載された作品を、文庫化するにあたり大幅に加筆修正いたしました。

（編集部）

KADOKAWA
RUBY BUNKO

純血《じゅんけつ》の檻《おり》
吉原理恵子《よしはらりえこ》

角川ルビー文庫 R17-20　　12733

平成14年12月1日　初版発行

発行者——井上伸一郎
発行所——株式会社角川書店
東京都千代田区富士見2-13-3
電話/編集(03)3238-8697
営業(03)3238-8521
〒102-8177 振替00130-9-195208
印刷所——旭印刷　製本所——コオトブックライン
装幀者——鈴木洋介



ISBN4-04-434220-2　C0193　定価はカバーに明記してあります。

KADOKAWA RUBY BUNKO

# 角川ルビー文庫

いつも「ルビー文庫」を
ご愛読いただきありがとうございます。
今回の作品はいかがでしたか?
ぜひ、ご感想をお寄せください。

〈ファンレターのあて先〉

〒102-8177 東京都千代田区富士見2-13-3
角川書店 アニメ・コミック編集部気付
「吉原理恵子先生」係